Les griffes de l'amour

Oumar MAGASSOUBA

Les griffes de l'amour

Roman

© L'Harmattan, 2015
5-7, rue de l'Ecole-Polytechnique, 75005 Paris

http://www.harmattan.fr
diffusion.harmattan@wanadoo.fr
harmattan1@wanadoo.fr

ISBN : 978-2-343-07779-6
EAN : 9782343077796

À toi ma mère

Femme noire, Femme africaine
Toi, mère de tes coépouses
Esclave de mon père
Ô ! Maman, je pense à toi
Victime des souffrances de la polygamie
Rescapée des injustices polygames
Tu te résignas à l'humiliation
Toi qui supportas les souffrances de la grossesse
Ô ! FADIMA, je pense à toi
Mère de tous les enfants malheureux
Toi qui me portas au dos,
Le pilon serré dans tes vaillantes mains,
Pour écraser le manioc, le riz, le, mais…
Ô ! Maman, je rêve d'être toujours à tes côtés
Toi qui comprenais le sens de mes pleurs
Et de mes babillages
Tu dormais quand j'étais en profond sommeil
Tu étais malade quand j'étais mal portant
Ô ! FADIMABA, peux-tu m'allaiter encore ?
M'allaiter avec ton érudition rare
Toi qui aiguillas mes premiers pas
Toi qui revendais tes habits aux vils prix,
Pour nourrir tes enfants

Ô ! Mère docile, tu m'as montré :
Que Vérité est plus solide que mensonge
Que l'avenir est l'œuvre du présent
Que la plume cultive plus que la daba
Plume à la main, je grimperai la tour EIFFEL
Ta bénédiction sera mon souffle inébranlable
Tes prières, ma force inépuisable
Pour graver tes étoiles au sommet
Ô ! Maman, je te demande pardon

L'auteur

CHAPITRE I

La naissance d'une idylle entre Bern et José

Le soleil brillait ardemment ce jour-là, la chaleur qui émanait de ses rayons avait envahi les maisons modestes de la capitale guinéenne. Les gens ensommeillés ou par paresse, défiaient cette grande chaleur sous l'air soufflé par un éventail. D'autres personnes pour s'éloigner du malaise se retiraient discrètement pour s'installer dans la cour sous l'ombre d'un porche ou d'un arbre, ils ne voulaient pas perdre la fraîcheur de la brise de mer qui soufflait à peine. L'atmosphère était calme. Aucun nuage ne couvrait le ciel dont le lustre bleu-clair rassurait les lavandières. Les béliers et les boucs qui depuis l'aube, avaient abandonné leur enclos en quête de nourriture, se reposaient le ventre à même le sol sous les arbres qui bordaient les ruelles, ruminant les fruits de leur promenade.

José, la fille aimée de Monsieur Mamadou et de sa femme Binta était assise là, sous le manguier, devant leur cour pour guetter le passage de Bern revenant de l'école.

Elle adorait souvent prendre congé de sa mère occupée par les activités ménagères pour aller s'installer à la devanture pour admirer ou critiquer l'apparence ou l'allure des passants. Ces passants qui ne cessaient leur va-et-vient que vers quatre heures du matin. Le lendemain, ils sortaient de leur doux sommeil, passaient devant la maison de José avant de prendre un taxi, un car ou un magbana en direction de Takhui ou de 36. Le soir, ils revenaient épuisés par un quotidien qui ne leur apportait qu'un maigre revenu. Et le bruit de leurs pas ne s'atténuait que vers minuit. Ce qui attirait de plus José dans ces mouvements, c'était le passage de Bern. Elle aimait éperdument ce jeune élève courageux et régulier. Pour Bern elle ne représente pas grand chose. Par contre, celle-là l'observait avec passion et, quand leurs regards se croisaient, le jeune garçon apercevait un visage doux et affectueux même si des fois, José baissait la tête pour dissimuler son trouble.

Soudain, la sandale du jeune élève s'abîma. Stupéfait, il regarda devant et derrière voir si personne ne faisait attention à lui ; il s'aperçut que seul José le regardait. Il eut honte, essaya de la rafistoler en attachant le cordon coupé par un fil qui était dans son sac. Puis, il continua sa route en traînant les pieds. Il voulait demander de l'aide sous le manguier avant d'atteindre le point d'arrivée, José s'était précipitée dans la chambre de son cousin Amadou pour lui apporter sa chaussure. Ce cousin avait quitté le village il n'y avait pas longtemps.

« Porte ça ! Mets l'autre dans ton sac, demain tu pourras la renvoyer en partant à l'école, dit joyeusement José.

— D'accord merci ! Merci beaucoup ! » reprit Bern avec gaieté.

Il se chaussa et reprit son chemin.

José le suivit du regard jusqu'à ce qu'il ait disparu derrière les voitures et kiosques qui longeaient la rue puis elle rentra dans la cour, toute heureuse.

Le hasard qui venait de se produire était le rêve de José. Cette nuit-là, seule dans le lit, elle passa près de deux heures rejouant cette scène. Plus tard dans la nuit, elle fit un rêve : comme le rêve projette généralement ce qui tient beaucoup au cœur, elle vit le retour du jeune qui lui rapportait la paire de chaussures. Elle l'accueillit dans un sourire tendre. Le jeune lui tendit ce qu'il avait dans la main droite ; elle le saisit, c'étaient des chaussures plus neuves et plus brillantes que celles de son cousin. Il la remercia et lui donna un baiser avant de tourner le dos.

Le matin, inhabituellement, elle se réveilla un peu plus tard. Bern, quant à lui, repassa à la même heure, mais personne de cette famille n'était dehors, il continua alors à l'école parce qu'il avait honte de franchir la porte seul.

Il revint l'après- midi après les cours et trouva la belle gosse en causerie avec sa mère.

« Bonjour Maman !

— Bonjour mon fils ! comment vas-tu ? il y a longtemps je ne te vois pas.

— Je vais bien ! pourtant je suis là maman !

— Et ton père ? est-il à la maison ?

— Il va bien ! Certainement à cette heure il doit être au travail.

— Assis-toi. Le connais-tu ? dit Binta en tournant le regard vers sa fille. C'est le fils de Monsieur Tounkara, un ami d'affaires de ton père.

— Un ami d'affaires ? Que signifie cette expression maman ? demanda José emportée par l'euphorie de cette présentation.

— En tant qu'élève, tu ne sais pas ce que veut dire affaire ? C'est le commerce. C'est-à-dire un collègue de ton père.

— Ah ! maman, tu es vraiment instruite, s'exclama-t-elle.

— Je suis de passage. Je suis là pour remettre des chaussures.

— Merci alors mon fils ; salue tes parents de ma part !

Quelques jours plus tard, José se lia d'amitié avec Fatou, la petite sœur de Bern. Elle allait lui rendre visite constamment. Ce n'était pas l'envie de voir sa copine qui la rendait fréquente dans cette famille, mais le sentiment incoercible qu'elle éprouvait pour Bern.

Une fois dans la cour, elle attirait l'attention de Bern sur sa venue par sa voix harmonieuse et aiguë lorsqu'elle apercevait sa porte légèrement ouverte.

Bern aimait réviser ses leçons le soir dans sa chambre après l'école, car la nuit, il n'en avait pas le temps. Il veillait plus souvent en compagnie de ses amis dans les rues, dans les shows ou à côté de ses parents devant la télévision qui animait le salon la nuit.

« Fatou ! Fatou ! N'est – elle pas là ? »

Dérangé par cette voix, Bern se levait brusquement et feignant de ne pas reconnaître la voix, demandait :

— Qui est-ce ?

— C'est moi José.

— Rentre. Elle doit être au salon. Ça va ?

— Oui ça va très bien ! répondait-elle avec un regard charmant.

— Ainsi, elle allait d'abord voir sa copine puis revenait dans la chambre de Bern, quand elle se sentait loin des regards indiscrets.

Longtemps ils vécurent ainsi.

Deux ans plus tard, les deux amoureux étaient devenus grands et leur affection réciproque avait eu une ampleur qui ne leur permettait plus d'évoluer chaque jour en cachette ; ils ne pouvaient cacher leur amour qu'aux pères qui sortaient le matin et revenaient la nuit. Mais pas Aux mères, celles-là passaient plus de temps avec leurs enfants, par conséquent elles les connaissaient mieux, mais feignaient souvent de ne rien voir.

Un samedi, José devait faire une promenade avec son partenaire. Ne voulant pas du tout la manquer, elle s'acquitta de ses travaux domestiques. Puis elle se lava, se rhabilla comme une danseuse de revue et sans se reposer prit le chemin de la sortie. Ceci n'était pas dans ses habitudes.

« José, où vas-tu ?

— Je vais chez ma camarade Fatou. Leur groupe d'âge a organisé une danse folklorique j'y suis invitée.

— Non, c'est faux ! Rentre à la maison, vite !répliqua bruyamment sa mère.

— Comment pouvez-vous dire ça ? pourquoi je n'y vais pas ? je vous assure…

— Je te dis de revenir, c'est tout. Inutile d'insister, dit sa mère.

José s'arrêta un instant sans mot dire et son visage s'assombrit.

« Maman, rétorqua-t-elle, vexée, je ne suis plus une gamine pour que tu me contrôles de la sorte et furètes dans toutes mes affaires. A présent je connais mes droits et mes devoirs. Vous devez donc respecter mes droits comme j'accomplis mes devoirs sans pression chaque jour…

— Eh ! droite et devoir dont tu parles n'ont rien de commun avec ton problème : droite que je connais est sur la route. Les passagers conseillent le chauffeur de suivre sa droite afin de prévenir les accidents. S'agissant des devoirs, c'est ce que tu traites dans tes cahiers, ici, à la maison pour échapper aux coups de fouet du maître. Ouf ! Je n'ai pas étudié suffisamment, mais personne ne peut me "vendre" en français, dit-elle avec farce.

— Pourtant je ne vais pas pour durer maman ; je reviens dans une heure.

Amadou arriva au moment où elles terminaient leur dispute.

Il demanda à sa cousine ce qui l'avait frustrée. Elle ne répondit point puis il demanda à madame Binta des explications, qui lui répondus par un silence.

Amadou était hideux, trapu et noir comme du charbon. Physiquement, il était bien bâti et sa forme musculaire intimidait ses adversaires. Malgré cette force, il évitait toujours la bagarre, car c'était l'un des conseils de sa mère, une paysanne, quand il devait se rendre Conakry. Mais il lui arrivait des fois emporté par une colère violente par les railleries de ses nouveaux camarades citadins qui le considéraient comme un sauvage, il s'attaquait immédiatement à celui qui l'avait offensé et le clouait au sol. Si celui-ci avait le courage de se relever, il fuyait pour se réfugier à la maison. Dans le cas contraire, il restait longtemps au sol comme inanimé. Effrayé, Amadou fuyait et venait à la maison. Et le soir après le dîner, son oncle paternel et sa femme auxquels il était confié, le réprimandaient voire le menaçaient de renvoi au village.

« Retourner au village ? Non pas question. J'accepterai toutes les sanctions sauf celle-là » pensait-il. Alors il se levait pour supplier son oncle et sa femme. En dépit de ces pardons répétés, ce jeune restait toujours récidiviste.

Amadou était un garçon gourmand. Il mangeait presque tout. Ce qu'il aimait le moins c'était le to car il en avait mangé abondamment au village où ce plat constitue l'aliment de base. Binta, la mère de José ne le laissait jamais manger avec ses deux enfants dès après la première semaine de son arrivée. Elle le considérait comme un vrai glouton et le servait toujours à part.

Binta détestait littéralement ce jeune depuis qu'il avait mis les pieds dans cette cour. Elle critiquait tout ce qu'il faisait et lui dictait tout ce qu'il devait faire sans respect ; même comment uriner dans les toilettes internes. Or Amadou était très calme et respectueux. Il traitait cette maisonnée avec beaucoup d'égard et s'amusait avec les enfants. Malgré cette timidité, on ne lui laissait aucun temps de liberté ; tous les travaux pénibles, comme laver toute la maison matin et soir, laver la voiture et le linge, revendre les marchandises de Binta, partir acheter les condiments, chercher l'eau dans un puits loin de la maison pendant les périodes de coupure d'eau par la S.E.E.G (Société d'Exploitation des Eaux de Guinée) lui étaient dévolus. En outre, il devait accepter tous les affronts, privations, humiliations, et interdictions de la part de Binta et de ses enfants. On pouvait le réveiller à n'importe quelle heure de la nuit sauf si le besoin ne se faisait pas sentir : « Amadou apporte- moi de l'eau, éteints le courant, apporte une cuillère, va acheter la bougie, va voir ce qui fait bruir dans la cour … »

Pourtant Dieu avait donné une très belle fille à cette maison. A treize ans, son charme était très impressionnant, mais n'était pas encore au comble. Car chaque jour que Dieu laisse son soleil éclairer le monde, sa lune luire, la splendeur de sa beauté étonnait les gens. Malgré sa longue et souple chevelure, elle lui rajoutait par simple plaisir d'imiter ses amies, de mèches sans nuance avec des cheveux naturels, ce qui sapait conséquemment ses cheveux. D'ailleurs cette toilette ne plaisait à sa mère qui disait souvent : « les mèches détruisent les cheveux, mais vous les enfants d'aujourd'hui vous n'entendez rien, vous avez fini par asseoir le monde sur la tête. Ceci ne devait étonner personne, car l'homme est insatiable ; naturellement la satisfaction d'un besoin crée un autre besoin. » Ses yeux qui semblaient sortir de leur orbite paniquaient les jeunes qui osaient pour la première fois la draguer pour une aventure avec une diablesse personnifiée ; ses deux seins bien dressés comme la tête d'un biberon étaient munis de mamelons aussi pointus. Très aguichante, elle aimait porter des vêtements serrés ou collants, laissant ainsi apparaître sa forme de "Tamani" (un instrument de musique traditionnelle du Mali) qui ne tolérait aucun regard même celui des hommes les plus sages. Son nez quasiment pointu, ses petites lèvres triangulaires qui n'avaient rien à envier au rouge à lèvres exposaient ses dents blanches et bien disposées quand elle souriait. Si la beauté était le seul critère d'éligibilité dans les concours de l'élection miss, elle y serait la miss permanente. Les changements physique et psychologique de José ne laissèrent pas indifférente sa mère qui s'inquiétait de la nouvelle attitude de sa fille. Pourtant elles étaient toutes involontaires de ces changements importants qu'impose cette étape difficile de la vie qui marque la fin de l'enfance : une simple invitation ne suffisait plus pour que José abandonne ce qu'elle était en train de faire pour venir aider sa mère. Elle commençait à prendre goût à la causette provoquée par les personnes de l'autre sexe. Quand elle causait avec ses camarades Ami et Fatou, soudainement elles criaient puis souriaient pour attirer l'attention des jeunes passants. Pour elle, ces conversations étaient aussi douces que la sauce de sa mère. Quand elle rentrait dans la douche pour faire sa toilette, elle prenait assez de temps, dans sa chambre pour soigner son apparence devant le miroir, le temps avait triplé ; elle accordait plus d'importance a son apparence qu'à sa moralité. Elle ne s'arrêtait plus pour répondre aux questions d'un homme, elle répondait aux dernières en continuant son chemin, peut-être avait- elle confiance en son bassin qui s'était élargi. Elle ne cessait de détacher et de rattacher sans ardeur son pagne. Ce pagne, n'était jamais solidement attaché, elle avait à chaque instant son nœud dans sa main gauche ou le soulevait parfois en tirant le bout du pan extérieur. Toutes ces balourdises irritaient sa mère. Dorénavant, sa conduite n'était pas du tout pareille. Pour preuve, elle avait l'habitude d'accompagner sa mère au marché si elle ne partait pas à l'école ou l'aidait à préparer le repas. Le soir tandis que les travaux domestiques étaient terminés, elle se lavait et lavait sa très jeune sœur Safi. Elle était douce et toujours à côté de sa mère. Coquette comme une fée du Fouta, José était gentille, elle souriait souvent et parlait avec beaucoup de gestes. Elle avait deux travers remarquables : L'ignorance et l'excès d'amour pour Bern. Ignorante parce quelle n'aimait pas les études et n'avait pas eu son BEPC. Le premier défaut était une conséquence du second.

CHAPITRE II

La délinquance juvénile

Malgré sa séduction irrésistible, José n'était pas d'un abord facile. Les jeunes qui la rencontraient n'osaient pas l'arrêter même pour lui demander son nom ou son numéro de téléphone. Pourtant, elle adorait les jeunes qui pratiquaient une activité artistique, les jeunes réputés par leur talent de danseur, de musicien, principalement du rap. En réalité, ces jeunes dans les quartiers étaient craints. Ils étaient regroupés en clans. Ces clans étaient formés de jeunes toxicomanes, vagabonds, buveurs et égarés. Ils siégeaient dans les maisons en construction dont les travaux avaient été arrêtés depuis longtemps ou les bâtiments abandonnés pour leur vétusté, dans des vallées inhabitées ou au bord nauséabond de la mer. Dans ces lieux ciblés, ils fumaient, buvaient, violaient et apprenaient à chanter.

A l'école, ils faisaient peur aux professeurs, sans parler des chefs de classes et rendaient pénible la tâche aux surveillants. Sur la route de l'école, ils refusaient de payer le transport aux apprentis en fuyant ou en s'imposant. S'ils voyaient des jeunes filles ou des garçons bien habillés et bien parés, ils les arrêtaient et extorquaient tout ce qu'ils admiraient sur leur corps. Quand l'Escadron Mobile investit le quartier pour les arrêter, on les voyait sauter par les portes, les fenêtres de ces constructions délabrées, fuir du bord de la mer pour venir se réfugier dans nos maisons, dans la cuisine, dans les petits coins ou escalader les arbres : « Pardon maman, pardon mon père excusez-moi, je vais me cacher ici, ils sont à ma poursuite... ».

Les injures d'une sordidité extrême étaient leurs « mots de passe ». C'est-à-dire qu'ils les employaient même dans les causettes. Dans leurs familles respectives, ils étaient incontrôlables et devenaient des électrons libres gravitant autour du noyau central de l'éducation des parents. Ces parents, s'ils étaient fatigués étaient obligés de les chasser.

Malheureusement Bern était devenu membre d'une telle famille de gangsters qui se portaient des surnoms d'origine afro-américaine. Entre eux, ils s'appelaient sans raison "Thug". Ce terme, la plupart d'entre eux, en ignoraient l'origine et la signification, d'ailleurs ces gens-là ne lisaient que rarement. Tout ce qu'ils savaient, c'était un nouveau et pittoresque mot dans leur ville. Si une bataille éclatait entre deux clans c'est tout le secteur qui la ressentait ; des coups de pierre, de pilon et rarement d'armes à feu retentissaient partout. Et pendant ces affrontements, il faut le noter, tout ce qui tombait sous la main, bouteille, bracelet, tabouret, chaise... servait d'armes.

Bern se rappelle qu'un jour frappé par le leader d'un clan, en le fuyant, il alla saisir un pot rempli de fèces puéril, le jeta sur son ravisseur avant de s'échapper. Ces " thugs" marchaient et dormaient munis d'armes blanches.

L'arrêt de ces conflits sanglants nécessitait parfois l'intervention des militaires. Les policiers sont mal armés et moins formés pour les neutraliser. En plus ils devenaient de véritables groupes de bandits difficiles à appréhender quand ils sont incorporés dans l'armée par leurs parents qui ne souhaitaient plus répondre aux convocations. Ainsi ils deviennent à la fois des agents anticriminels et des criminels, ce qui était une entrave dans la lutte contre le phénomène de banditisme.

Après la violence, leur second travail (la danse et le rap) leur valait amour et considération de la jeunesse. Il suffisait de porter un nom ridicule, de s'habiller en " laisse-tomber ", marcher ridiculement puis chanter et danser pour affrioler les jeunes filles du quartier. Pour ces filles, les jeunes garçons qui manifestent un attachement fort à la religion et à l'éducation étaient loin de l'évolution. Par conséquent elles les détestaient, les haïssaient, les appelaient par des sobriquets « wahabiyah, sounna, gaou, … » et les exaspéraient par des expressions de dérision telle que « a ya mou sogüe », qui signifie mot par mot : « Ses yeux ne sont pas percés ».Ils oubliaient que celui qui n'a pas les yeux percés n'a pas besoin de suivre un aveugle, qui a perdu les tiens.

Par contre, elles étaient affolées par les égarés à tel point qu'elles intégraient leur groupe. En ce moment, elles acceptaient, sans pression, les conditions d'adhésion à leur vie hostile : ainsi elles s'étaient mises à fumer, à s'habiller comme ces jeunes dépravés avec lesquels elles devaient avoir des rapports sexuels violents ou parfois des viols collectifs. Finalement, ces jeunes filles sombraient dans la prostitution et les garçons devenaient de vrais brigands pouvant affronter des militaires armés. Et si d'aventure l'une de ces adhérentes regrettait et cherchait à se retirer, elle devait impérativement rester à domicile sinon on la bloquait sur la route pour l'amener quelque part afin de la " traiter ".

Auparavant, Bern était un bon élève. Les attestions de satisfecit, les bonnes paroles de gratification et des cadeaux encourageant ses parents, ne cessaient de venir comme récompense chaque année, dans sa famille. Il débuta ses études par la lecture de la bible et emporta lors des concours de lecture, plusieurs prix. A six ans, il était le plus petit, mais aussi le plus intelligent de l'école française où il fut toujours parmi les cinq premiers de la première en sixième année. Quand il eut son examen d'entrée en septième année avec brio, il dut poursuivre ses études secondaires dans un collège public loin de la cour familiale. Ce fut le début de son égarement.

Là, il fit la connaissance de jeunes délinquants évidemment un peu plus âgés que lui. Parmi eux, 2 PAC, son ami rencontré la première fois dans la salle d'examen ; ce jour-là, fatigué par le sujet, celui-ci déploya son pied et l'avança discrètement pour faire du pied à Bern qui écrivait, la tête baissée. Ce dernier tourna alors le regard et le jeune par des gestuelles et des mimiques, lui prouva qu'il avait "chaud !". Et avec le regard approbateur des surveillants, Bern lui jeta un bout de papier fripé.

Depuis lors, ils devinrent des amis inséparables. 2 PAC est le nom de la grande vedette du Hip Hop américain. Avec ses nouveaux amis, Bern chômait les cours et commença à prendre goût aux discussions inutiles dans un bar-café près du collège. Tous les sujets, comme dans une radio ou télévision privée, étaient débattus : amour, sport, politique, inflation, haine des professeurs et du surveillant général. Parfois pour errer librement aux alentours de l'établissement, Bern énervait le professeur en sortant et en rentrant sans demander la permission ou bavardait ostensiblement avec un copain afin d'être expulsé avec ce dernier. Un jour, Bern voulait sortir de la classe alors que le professeur avait annoncé l'interdiction de toute sortie sous peine d'« un zéro en grossesse »comme il aimait à le dire (une femme enceinte fait, de façon générale, neuf mois de grossesse et les élèves font neuf mois de cours, donc un zéro en grossesse se reproduit chaque mois pendant les neuf mois de cours).Il utilisa toutes ses manies habituelles pour se voir renvoyer, mais le professeur connaissant parfaitement le but de ses manœuvres ne réagissait point. Puis il se mit à l'assaillir de questions stupides, mais il n'obtient pas l'effet escompté. Maintenant profitant un jour du moment où le professeur écrivait au tableau, il lui jeta sur les fesses un morceau de craie qu'il avait ramassé par terre. L'enseignant se tourna brusquement et demanda à la classe :

« Qui a fait ça ? Quel imbécile l'a fait ? hurla le professeur complètement hors de lui-même.

— Tu sais qui l'a fait ! grommela le coupable ». Comme personne dans la classe n'osait dénoncer Bern quand il avait commis une bêtise, le professeur dit alors :

« C'est toi Bernard ! Je sais bien, personne quelle que soit son audace ne se comportera jamais de la sorte. Alors je suis sûr que tu es le coupable.

— Non monsieur, ce n'est pas moi ! riposta-t-il

— Prends tes cliques et tes claques ; et sans mot dire, va-t'en », dit le professeur. »

Il ramassa ses cahiers et son bic et gagna la porte. Soudain tout le monde se tint les côtes. Offusqué, le professeur lui aussi prit ses affaires et abandonna la classe pour rentrer à la maison parce qu'il était attristé par le manque de courage de la classe à dénoncer le perturbateur. Ce fut une occasion pour les amis de Bern qui se bousculèrent en sortant par la fenêtre. Il vint vers la direction lançant des invectives, mais le directeur le dissuada d'y entrer. Bern fut renvoyé pour deux semaines, en plus il dut envoyer ses parents et ses compagnons eurent une amende de trois boîtes de craie.

Bern, et ses copains, dévalèrent la pente raide broussailleuse qui séparait l'Ecole du bras de mer qui fait de Conakry une presqu'île. Là-bas sur les berges, loin de leur ennemi, le professeur, ils se dopèrent joyeusement en attendant le retentissement de la cloche.

Certainement à la maison, les parents croyaient que leur fils aîné, devenu grand, était conscient de son avenir et était bien éduqué.

La nuit, il sortait pour des actes que son père n'imaginerait pas. Ce que sa mère Thérèse avait pu remarquer était la rougeur intempestive de ses yeux due à la consommation des stupéfiants quand il rentrait de l'Ecole et son réveil tardif. Mais quand elle lui demandait : « Pourquoi tes yeux sont rouges ? », il répondait :

— Parce que j'ai trop sommeil.

— Pourquoi maintenant, chaque jour, tu es en retard ?

— Parce que je passe la moitié de la nuit à réviser. Et quand je me couche tard pour me réveiller tôt, c'est difficile. Je préfère mieux dormir ici qu'en classe. N'est-ce pas maman ? Ou bien que me suggérez- vous ?

— Qu'il soit effectivement comme tu le dis »

Les mères africaines aiment beaucoup leurs enfants et rien ne peut les amener parfois à les contrarier. Il arrive des fois qu'elles les appellent pour les approcher ou leur pardonner quand ils sont frustrés parce qu'ils ont été contrariés pour avoir commis telle bévue ou fait tell caprice. Tout en ignorant les incidences de l'excès de ces docilités, elles pensent être les meilleures mères du monde et se retrouvent à la fin devant des situations incontrôlables.

Bern était le fruit d'une telle éducation.

Physiquement, Bern était un jeune de teint brun, le corps bien fait, son visage peu attrayant. Il avait des gestes lents et calculés, s'il n'était pas sous l'effet d'un stimulant, il était bavard et expansif. Il avait la chance de gagner facilement de l'argent, mais le gaspillait pour satisfaire ses passions, surtout que la mère de José était vorace.

A mesure qu'il grandissait, il devenait incontrôlable. Par la suite, sa maman n'osait même plus le réveiller après que son mari ait quitté la maison à l'aurore. Pour monsieur Tounkara, faire des enfants à sa femme, lui donner la dépense étaient son devoir, mais l'alimentation et l'éducation des enfants incombaient à la mère des enfants.

Et Bern, pour son père, était lucide et pouvait faire réviser sa petite sœur et ses deux frères : Nestor et Pascal.

Au début de son adolescence, Bern était chaste, avait la maîtrise de ses sens parce qu'il craignait beaucoup Dieu. Il ne ratait pas les prières hebdomadaires de l'église. Il avait lu la bible à bas âge. C'est pour cette raison que ses parents l'admiraient et ne le contrôlaient presque pas. Mais nul n'est pourtant parfait. Alors quand il arriva au collège, ses nouveaux camarades se moquèrent de sa bonne conduite, en le traitant d'impuissant sexuel parce qu'il fuyait la dépravation ; de méchant parce qu'il ne trichait pas... Pour ne pas être la cible de ces propos hostiles, il finit par les rejoindre un an plus tard avec encouragement de son ami intime 2PAC.

Au même moment, José était dans une autre Ecole primaire loin de la sienne. Elle devait être en quatrième ou cinquième année, je ne sais pas exactement, puisqu'elle redoublait souvent sa classe. Elle avait probablement douze ou treize ans.

Un jour, Bern en compagnie de 2PAC vint lui rendre visite à l'Ecole. Elle était surprise de voir celui qui l'avait plu depuis l'enfance, mais celui-ci aussi qui ne s'était jamais laissé aller. Sur la route, il mit son bras droit tendrement autour de la hanche de José, il bavardait, souriait et riait, mais au fond du cœur il ne comprenait rien... Ce fut le début de la tentation.

José déjà pubère, avait éprouvé de profonds sentiments pour Bern. Ils s'adoraient sans réserve. Ils se rencontraient pendant les récréations et allaient où ils voulaient : les week-ends, au cinéma, aux anniversaires, dans les boîtes de nuit dans les shows de la rue. Ils devinrent tous forcenés à tel point qu'ils se promettaient de se marier. Or Bern et José ne pratiquaient pas la même religion : le garçon était chrétien et la fille musulmane. Donc leur mariage se heurtera à des difficultés. Comment les parents pouvaient-ils approuver ça ? Malheureusement, les parents de Bern n'étaient pas assez riches pour acheter la conscience du père avide de José. Alors un fait troublant se produisit ; José fut proposée en mariage à un ami richard de son père. Pour bouleverser les choses, Bern va la mettre enceinte.

Le mariage de José arrivait à pas de géant et elle n'avait pas encore vu ses règles.

Indécise, elle s'ennuyait de jour en jour, car elle ne savait pas si elle était enceinte. « Il faut que j'aille chez Ami pour lui expliquer mon problème, car elle me donne souvent de bons conseils », se dit-elle.

Ainsi, elle alla chez sa copine pour lui faire part de son inquiétude.

« Hé ! Ami mon amie, j'ai un sérieux problème !

— Quel genre de problème ?

— Je suis en retard de trois semaines, jusqu'à présent je n'ai pas vu "ma lune".

— Hé ! ça c'est vraiment sérieux.

— Ta mère n'est-elle pas au courant ?

— Non pas encore. Je ne lui ai pas dévoilé mon angoisse.

— Ha ! c'est bien !

Après quelques minutes de réflexion, Ami demanda à José :

« As-tu un peu d'argent avec toi, ici ?

— Oui ! ânonna José en cherchant son portefeuille.

— Partons vite acheter à la pharmacie le médicament dont je ne retiens pas le nom, mais je le connais de vue. Il peut te rendre vierge de nouveau.

Ami était une fille illettrée, mais intelligente. Elle était plus mûre que José. Mais ce qu'Ami n'avait pas compris est que le problème qui se posait n'était pas seulement un problème de virginité, mais un problème de grossesse, bientôt perceptible.

— Non, tu n'as pas compris le sujet. Comment une fille vierge peut-elle être enceinte ?

— C'est impossible.

— Mon inquiétude, c'est comment avorter sans que les parents ne s'en aperçoivent. Bientôt mon mariage !

— Ok, je te comprends, mais il est trop tard d'avorter sans que tes parents voire tes beaux-parents ne le sachent. Dans le cas échéant, tu perds ton mariage. Maintenant, il est impératif de reconquérir ta virginité, ton respect, ton trésor, la joie de ta famille.

Ami avait franchement la langue bien pendante pour amener partout, où elle voulait, sa copine qui apparemment semblait évoluée. Mais l'apparence est trompeuse.

— Ami, tu m'as toujours donné de sages conseils. Ne vas-tu pas me tromper cette fois-ci ? dit- elle de façon douteuse.

— Jamais copine, je ne peux te duper. Jamais !

— D'accord pas de problème, partons ! convint José.

Aussitôt elles partirent acheter le produit dans une pharmacie lointaine à cause de sa rareté et sa cherté.

— Le soleil se levait comme d'habitude, la nuit couvrait la nature de son manteau obscur comme pour marquer l'unicité et l'éternité divines.

Mais José ne songeait qu'à son mariage. Elle se posait mille questions et ne croyait pas à l'efficacité de ce produit.

Pour elle, la virginité est un don de Dieu, quand on la perd on ne peut plus la récupérer. Un médicament des Blancs est utilisé pour traiter une maladie. Mais je ne suis pas malade. Comment peut-il me rendre vierge ? C'est vraiment curieux !

Lasse de cette situation malaisée, elle se décida en informer sa camarade Mimi. Celle-ci fut stupéfaite d'entendre de sa copine faire le récit. Après avoir médité, elle suggéra à sa copine de différer d'abord son mariage qui allait avoir lieu dans deux jours dans la perspective d'une date plus convenable. Elle lui dit qu'elle pourrait aussi aller avorter dans une autre ville sous prétexte d'y passer les vacances chez un parent. C'était le mois de Juin, la veille des vacances en Guinée. Pour finir, elle choisirait une date pour le mariage avec la complicité de certains parents avares ; cette date coïnciderait au troisième jour de sa menstruation. Quand le sang s'écoulera lors du premier contact intime conjugal, le mari pensera qu'il vient d'épouser une fille vierge et en sera content.

Heureusement pendant qu'elles étaient en train de se donner des idées, son cousin Amadou vint lui annoncer le décès de sa tante Moumine qui fut une personne éminente dans leur famille. D'ailleurs, elle s'était catégoriquement opposée à la relation préconjugale de José, l'estimant illusoire et sans avenir.

Cette annonce la soulagea profondément même si elle ne pouvait en jubiler.

Ce soir, la réunion familiale tenue reporta le mariage de José et du richard Sadio pour une semaine. José mit à profit cette échéance pour absorber normalement son produit et suivre à la lettre les conseils infaillibles de sa copine Ami, car celle-ci ne la tromperait pas :

« ...la nuit, sois douce en répondant à ses premières interrogations. Débarrasse-toi de ton habit de mariage et rhabille-toi avec une tunique ou un autre vêtement, mais pas de robe de nuit, sinon il saura que" tu as goûté le sel". Si tu as sommeil, mets-toi au lit sans te déshabiller. Il viendra à tes côtés et t'interrogera longuement. Ne cherche pas à savoir tout ce qu'il voudra. Soit simple dans tes réponses. Certes, il te caressera ; feins de dormir. Cependant, il commencera à te déshabiller. Lève-toi brusquement et dis-lui :

— Que veux-tu me faire ?

Il t'apostrophera - Penses- tu que tu es venue ici pour dormir... ?

Quand il finira de te mettre à nu, reste couchée et n'écarte pas tes jambes. Il les écartera lui-même et entamera "sa danse de fesses"

— Qu'est-ce que tu appelles danse de fesses ?dit José comme pour taquiner Ami

— Tu ne le sais pas ? Laisse-moi continuer. Hurle et lamente-toi comme si tu n'as jamais connu l'Homme. La danse des fesses, c'est ce que tu fais avec Bern, ajouta-t-elle enfin.

Cette dernière phrase coïncida avec la rentrée de Binta, la mère de José.

— Tu dis quoi ? Jusqu'à l'instant vous pensez à Bernard, c'est vraiment décevant mes filles, ronchonna sa mère avant de poser leur repas sur la table dont elle arrangea la nappe. Puis elle retourna à la cuisine. Les deux amies ouvrirent de grands yeux simultanément.

Aussitôt Ami demanda la route à sa copine :

— Au revoir José !

— Restons d'abord un peu. Voici le repas est fini. Mangeons ensemble s'il te plaît.

— Non, merci, je n'ai pas faim !

La main dans la main, elles sortirent dans la cour. Quand Binta les vit partir, elle appela :

« Ami, ne t'en va pas ma fille, reviens nous allons manger.

— Merci maman ! A bientôt José ! dit-elle agitant sa main près de son visage.

CHAPITRE III

Un mariage forcé

Monsieur Sadio était vieux et obèse, mais élégant. Il aimait le respect et la considération de la part de ses collègues. Il se faisait remarquer par sa richesse et sa générosité. La femme qu'il avait mariée avait fait des enfants qui avaient presque tous réussi. Les aînés étaient en Angleterre et prenaient la famille en charge. Sa femme avait atteint la ménopause. Avec sa fortune, il espérait avoir une jeune et belle fille. C'est dans cette intention qu'il dira un jour à son ami Mamadou qui était aussi son parent, qu'il voulait se marier. Celui-ci à cause de son avarice, lui proposa alors sa fille à beauté impeccable. Mamadou était endetté, il avait conclu avec monsieur Sadio, l'achat d'un terrain. Ce terrain était le sixième non bâti de Monsieur Sadio, ses terrains bâtis on ne pouvait les compter à travers la ville de Conakry. Son ami ne lui avait donné qu'un quart du prix, il voulait alors donner sa fille à son créancier pour annuler sa dette. Mais depuis jadis, le vieux Sadio était amoureux de José, il avait honte d'extérioriser ses sentiments envers une gosse qui avait à peu près le même âge que son dernier fils. Il profitait des fois, des plaisanteries adressées à Binta pour exprimer sa candidature, mais l'amour comme une pensée a besoin de s'extérioriser pour que le cœur ou l'esprit soit tranquille ; il voulait s'exprimer, mais avait le doute d'être humilié par son ami. Binta n'était pas bête, elle savait que le sérieux se manifestait dans la plaisanterie ; aussi ne considérait-elle pas les cadeaux offerts par Sadio à sa fille et à elle, comme de simples témoignages de charité.

Dans la cour de son ami, Sadio reluquait les démarches de la petite José quand elle passait devant lui. Il pensait que José était encore très jeune pour pouvoir demander sa main. Mais José grandissait vite.

Pourtant José n'éprouvait aucune passion pour ce vieux riche qu'elle considérait vaniteux et hardi. Mais l'Afrique est l'Afrique !

Un père africain a l'une des trois possibilités pour trahir sa fille à cause des passions néfastes :

— Donner en mariage sa fille à quelqu'un qui ne l'aime pas, pour des raisons personnelles : elle sera son esclave, car elle n'aura pas de droits, mais seulement des devoirs.

— La donner à un vieux, généralement de la même génération que lui : elle n'aura que des enfants orphelins.

— Marier sa fille à un paysan alors qu'elle a grandi en ville : la zone rurale africaine n'épanouit pas, généralement la vie de la femme et certainement celle des enfants aussi.

Malgré l'opposition de José et de son cousin Amadou, le mariage eut lieu avec des dépenses énormes. Ce fut une cérémonie grandiose.

La première nuit de miel fut agréable.

José se comporta comme sa copine le lui avait recommandé, en agissant en vraie profane, laissant son mari faire tout ce qu'il voulait. Quand le sang s'écoula du vagin, l'homme continua contrairement aux recommandations de la sunna, il le savait, mais ne se contrôlait pas en ce moment.

Les jours qui suivirent furent joyeux. Dans la tradition musulmane, la conservation de la virginité jusqu'au mariage est exceptionnellement salutaire. La femme a droit à une récompense, d'abord ici-bas puis dans l'au-delà. Les parents de la femme bénéficient des parents du mari du respect, de la confiance et des cadeaux. On croit aussi que Dieu peut accorder au père et à la mère de la fille, son paradis promis à ses esclaves (ceux qui ont accepté de se soumettre à lui).

Le tissu blanc qui habillait José le jour du mariage et sur lequel avait passé la nuit, le nouveau couple, fut emporté dans la famille de José par une vieille femme pour témoigner de la bonne éducation de leur fille. Sa réception fut une fête. On aurait entendu des coups de feu dans le ciel si le mariage avait lieu au village. Mamadou reçut une voiture toute neuve et sa femme des habits chers.

Un mois seulement après le mariage, les signes de grossesse commencèrent à apparaître. José était souvent mal portante. Les douleurs abdominales, la fièvre et les vomissements se succédèrent. Vieux Sadio était content et croyait être bientôt à nouveau père. Il était souvent à côté de sa nouvelle femme et l'aidait à accomplir ses travaux ménagers sans manquer de la distraire par des paroles élogieuses. Elle devint une reine, et pour avoir donné un bébé à son Mari, celui-ci lui chercha une employée de maison. Sa première femme était aux oubliettes. Vieux Sadio ne voulait pas la voir. Si elle voulait, elle pouvait faire une semaine dehors sans que son mari ne s'en inquiète. Ce qui le retenait à ne pas la jeter hors de sa cour, c'était l'importance de ses enfants qui faisaient le bonheur de la famille. Cette femme fut une bonne mère ; elle respecta toujours son mari et elle éleva bien ses enfants

Un jour, le vieux Sadio accompagna son épouse en voiture au centre de santé pour des soins.

— Bonjour ! Docteur ! Comment allez-vous ?
— Dieu merci ! Et vous ?
— Je vais bien. C'est madame que j'ai envoyée. Elle a un peu souffert la nuit dernière.
— Ok. S'il vous plaît assoyez-vous ici, dit le docteur, indexant un lit à la femme. Monsieur, vous pouvez patienter dans la salle d'attente.

Après l'examen, le docteur, sortit dans le couloir et fit signe au vieux Sadio qui se hâta.

— Monsieur Sadio, madame est enceinte de deux mois
— Oh ! alhamdoulilahi... murmura le vieux passionné qui n'avait attendu que la prononciation des cinq premiers mots de la déclaration du médecin pour rendre hommage à Dieu.
— Elle ne doit prendre nécessairement que des produits prescrits par un médecin et son alimentation devra être sous contrôle médical
— Vous dites docteur combien de semaines ? demanda le vieux maintenant minutieux.
— Je dis bien deux mois environ
— Eh ! murmura le vieux en écarquillant les yeux.

Écœuré par cette phrase, il décida aussitôt de rentrer avec sa femme à la maison. Sur la route, l'intérieur du véhicule était calme ; personne n'adressait mot à son prochain. Le seul bruit perceptible était celui du vent qui s'introduisait alors en partie par les vitres de la voiture.

Certainement, José s'était rendu compte que son mari avait entendu quelque chose de désagréable quand elle avait vu son visage déformé par le chagrin, au sortir du couloir où il avait parlé avec le médecin. Effectivement, le vieux Sadio était obsédé par le calcul de la date de la grossesse.

Arrivé à la maison, le mari omit de parler du calcul de la grossesse pour ne pas excéder son épouse parce qu'il l'aimait encore.

La nuit, il rendit compte à sa grande sœur qui ne le crut guère. Celle-là décida de rencontrer ultérieurement le docteur.

Quelques jours plus tard, la famille de José fut informée de la mauvaise nouvelle. Pour se rassurer de plus, ses parents l'invitèrent chez un autre médecin dont le test confirma le résultat du précédent.

Les jours qui suivirent furent très tendus dans les deux familles.

Mamadou avait été auparavant riche, mais l'avidité était son caractère héréditaire. C'était un père moderne et tranquille, comme disaient ses enfants qu'il aimait tant. Ne voulant pas s'avérer dur, rigoureux comme un "père traditionaliste" à la vue de ses enfants, il se pliait facilement à leurs caprices. Ce qui eut une forte portée sur leur éducation. C'était un problème commun aux Africains riches : ceux qui se disaient intellectuels engendrent moins d'enfants. Espérant donner à leurs enfants une éducation occidentale, ils se retrouvent dans la majorité des cas devant des situations dans lesquelles les enfants ne présentent aucune valeur éducative honorable. Car à cause de ces enfants, ils sont, ni proches de Dieu, ni bons prochains de leurs voisins.

Ceux qui n'ont pas connu l'école ou l'ont abandonnée ne veulent pas le même sort pour leur progéniture. Ainsi, ils laissent leurs descendants blaguer avec tout ce qui leur appartient, excepté leurs femmes.

Par exemple, l'enfant a le droit de regarder dans le salon familial, tous les films diffusés par Canal Satellite, les films qu'il a achetés ou loués dans une filmothèque du quartier. Or les chaînes de Canal Satellite avertissent quand c'est nécessaire, de la dangerosité d'un film pour les enfants en indiquant en bas et à droite de l'écran, l'âge moyen à avoir pour être autorisé pour le voir.

L'enfant peut quitter la maison sans avertir ses parents et quand il revient tardivement, on ne lui demande pas où il était. La nuit, il peut sortir avec ses amis d'une éducation différente de la sienne. Il rentre tard pendant que les parents dorment ou il passe la nuit hors de la maison. Le matin, à l'interrogation des parents, il répond simplement : « J'ai dormi chez mon camarade Sékou, chez ma camarade Djaka ». Il n'est ni frappé ni menacé par ses parents.

L'adolescent d'une telle éducation, est aussi difficile à redresser qu'une murette penchée depuis sa construction.

José faisait l'école buissonnière souvent pour passer des temps agréables à côté de Bern. Chose que son père n'a jamais sue. Il n'avait été qu'une seule fois à l'école lors de l'inscription de sa fille.

Vieux Sadio résigna au silence jusqu'à l'accouchement de José. Il se comporta ainsi, selon lui, si le bébé lui ressemblera il l'admettra dans la famille comme son propre fils. A défaut, il s'en ira avec sa mère. Pourtant la grossesse de sa nouvelle femme lui avait procuré beaucoup d'espoir. Il avait d'ailleurs promis à José qu'elle accouchera en France ou aux Etats-Unis pour avoir facilement la nationalité occidentale que ses premiers garçons avaient du mal à avoir. Quelles que fussent les circonstances, elle n'accouchera jamais dans un pays africain.

Après neuf mois de grossesse teintée d'espoir et de désespoir, elle donna naissance à une belle fille qui ne ressemblait ni à son père biologique (Bernard) ni au vieux Sadio mais était l'image de sa mère.

La jalousie, l'orgueil et le rang social du vieux Sadio ne pouvaient lui accorder la paix du cœur, le sentiment de bien-être dont il jouissait depuis que ses enfants avaient commencé à lui envoyer de l'argent en admettant la paternité de l'enfant.

Un jour, José s'adressa à son mari :

— Ton enfant doit être maintenant sevrée, tu dois acheter des aliments de sevrage, comme le lait « cérélac », enfin tout ce qui convient, n'est- ce pas chéri ?

— Mon enfant ? dit plutôt ta fille ou votre fille, répliqua son mari. D'ailleurs tu rentres chez tes parents ce soir !

— N'as-tu pas honte de dire des bêtises. Si tu n'es pas son père, qui m'a dépucelée alors ?

— Moi ? non, tu te trompes, plutôt ton Bernard, dit-il rassuré. Car il connaissait maintenant tout. Il avait mené des enquêtes sur la vie préconjugale de sa femme.

— Ha bon ! si cela est vrai, c'est toi qui as développé les cellules qu'il m'a inoculées. C'est ton sang qui a conçu cet enfant.

Après cette dispute, José fut répudiée chez ses parents séance tenante, avant même la tombée de la nuit.

Le vieux Sadio ne pouvait accepter cette situation, car elle avait précédé le mariage. Selon le Coran, si une femme légitimement mariée (c'est-à-dire suivant les principes de l'islam) commet l'adultère, le jour de la résurrection, tous les bienfaits de son amant seront des cadeaux pour son mari. C'est pourquoi, certains époux ne contrôlent pas leurs femmes ou ne les répudient pas quand elles sont prises en flagrant délit de fornication.

Or vieux Sadio n'eut pas cette chance.

L'arrivée de José dans sa famille tendit les relations familiales. Le chef de famille était humilié et tenu en échec. Il finit par haïr sa femme et l'accusa d'être la seule complice de sa faillite. José quant à elle, fut sereine. Son père ne répondait plus à ses salutations. Il arrivait qu'il réponde à sa salutation, mais en murmurant fadement sans la fixer dans les yeux ni interrompre ce qu'il était en train de faire. Auparavant, il l'aimait plus que tous ses enfants et la considérait comme un capital ; la donner en mariage à un richard, pour lui, c'était donner sa fortune à celui qui pourra la fructifier. Mais aujourd'hui, le simple fait de lui jeter un regard, suscite son désenchantement.

Quelques jours plus tard sans la présentation d'un membre de la belle famille ni les traces d'un messager traditionnel alors que la mauvaise nouvelle était en ébruitement, Mamadou se décida de rencontrer en personne, son gendre. Le lendemain, il fit irruption chez le vieux Sadio.

Il fut choyé au portail du foyer par les enfants qui s'y trouvaient. Dans le salon, il prit place près de son ami de longue date. Les autres, sachant que cette présence n'était plus ordinaire, se dissipèrent un à un. Il restait maintenant lui, le muezzin qui l'avait accompagné et le vieux Sadio. Il prit la parole :

— Comme tu le constates, ma présence aujourd'hui est inattendue. Mais il faut savoir que j'attache tellement d'importance à notre amitié que je ne peux dépêcher personne pour me remplacer.

Pendant ce temps le téléviseur était allumé et sur son écran, un documentaire : Comment se nourrissent certaines plantes ?

C'était le tour de la dionée. Cette plante qui pousse sur les sols pauvres en azote d'Amérique du Nord et qui a des feuilles qui constituent de véritables pièges pour les petits animaux. Quand une mouche volant vint se poser sur un des deux lobes de ses feuilles épineuses, l'autre se rabattit brusquement et l'insecte fut automatiquement emprisonné. Idem pour une jeune grenouille. Cette chaîne exceptionnelle de capture de proie attirait l'attention du vieux Sadio. Quand

Mamadou remarqua cela, il demanda respectueusement d'éteindre la télé.

— Continuez s'il vous plaît, dit Sadio après avoir éteint l'appareil.

— Donc, reprit Mamadou, cette situation malheureuse risque d'affaiblir notre amitié et de mettre fin à notre solidarité. Ashtafourlaye. C'est ce que nous devons éviter tous. Tu es innocent, moi aussi. La vie est toujours ainsi faite. Dieu l'a dit dans son saint coran : « Ta femme, tes enfants seront tes propres ennemis. Ils peuvent te dérouter et votre union devient inimitié contre Dieu ». Alors je suis venu pour te dire que ce n'est ni toi ni moi qui avons cherché ce que nous digérons aujourd'hui. C'est Dieu qui l'a voulu ainsi. Trouvons une solution, pardon je ne souhaite pas la séparation ou bien Imam ?, dit-il en tournant le regard vers son compagnon, vous qui êtes chaque jour à la mosquée vous en connaissez mieux les conséquences !

Le muezzin prit alors la parole, il commença par un épisode de la vie du prophète Mohamed (PSL) : « Un jour, un fidèle musulman est parti en voyage en laissant sa femme au foyer. Son séjour dura quelques mois. A son retour il sera étonné de voir sa femme enceinte. Scandalisé, il alla chez le prophète Mohamed (PSL).

— Envoyé, je suis venu vous voir parce que je ne connais pas toutes les règles de l'islam. J'étais en voyage. A mon retour, je suis surpris de retrouver ma femme enceinte alors que quand je partais, j'étais rassuré que je n'avais pas semé. Je veux la répudier, mais je ne veux pas que ma décision soit hors du Coran. Que préconise l'islam à ce sujet ?

— Bien entendu, l'islam accepte la répudiation de telle femme.

Mais le prophète Mohamed (PSL) pour répondre à certaines questions ou plus précisément dans le but d'éveiller la conscience du plaignant, racontait une histoire similaire. Alors Il dit :

— Ecoute cette histoire, un jour tu as caché tout ton capital dans une caisse que tu fermas hermétiquement avec un cadenas, puis tu fermas la porte de ta chambre et tu sortis pour aller quelque part. A ton retour, tu aperçus que ta porte était défoncée, tu rentras dans la chambre, tu trouvas la caisse aussi défoncée. Qu'est ce que tu remarquas ? Ton économie qui comptait cent mille francs était maintenant quatre-vingt-dix mille, le voleur ayant emporté dix mille. Que vas-tu faire ? Ramasser l'argent et le garder de nouveau sûrement ou le jeter dehors parce qu'il n'est plus comme tu l'avais laissé ?

— He ! Prophète, je le garde cette fois dans un lieu inaccessible.

— Alors, dit le prophète Mohamed (PSL), je te conseille de garder ta femme. Son amant n'a pris qu'une petite partie, le reste t'appartient. C'est ainsi que le problème du fidèle fut résolu.

Un autre jour, un autre fidèle vint chez le prophète. Il dit :
« — Prophète, moi je ne vais pas me marier. Parce que les femmes ont trop de problèmes, je ne pourrais pas supporter leurs caprices et certes mes réactions seront contraires aux principes Islamiques…

— Si, tu feras ça, tu seras plus que tous les hommes et tu seras plus sage et plus honorable.

Puis l'homme repartit. Longtemps après, il revint :

— Envoyé, je t'avais dit que je ne vais pas me marier, mais je me suis marié.

— Aujourd'hui tu es égal à tous les hommes.

Il repartit. Quelques années plus tard, il revint pour la troisième fois :

— Envoyé, je t'avais promis que je n'allais pas me marier et je me suis marié. Je viens de répudier ma femme. C'est pourquoi j'avais décidé de ne pas me marier parce que je savais, que je ne serais pas d'accord avec la femme.

Le prophète(PSL) lui dit alors :

— Tous les hommes te dépassent à présent.

L'homme était maintenant perplexe, il interrogea alors le prophète :

— Pour la première fois quand j'avais décidé de ne pas épouser de femme tu m'avais dit que je dépassais tout le monde. Quand je suis revenu encore pour te dire que je me suis marié, tu m'as dit que je suis égal aux autres hommes. Aujourd'hui, tu me dis encore que tous les hommes me dépassent. Comment ça ?

— Il n'est pas aisé de rester sans se marier ni forniquer. Que tu sois femme ou homme. Celui qui le fait est extraordinaire et peut faire presque tout ce qu'il décide. Mais si l'on se marie, on affronte toujours des problèmes que tous les hommes ont acceptés. Si vous dites alors que vous ne pouvez pas accepter ce que tous les hommes ont accepté alors tout le monde vous dépasse.

Donc, je vais vous dire d'accepter et de trouver une solution religieuse. Nous avons tous des problèmes de ce genre dans nos différentes maisons, mais on fait semblant que tout va bien, pour ne pas nous donner à nos ennemis. Un proverbe malinké dit d'ailleurs "qu'il y a dans chaque foyer, une marmite de puanteur, mais on ne sent que l'odeur du foyer qui a ouvert sa marmite" et un proverbe burkinabé dit que "la femme est comme une couverture ; quand il fait froid, on a besoin de se couvrir et quand il fait chaud on veut s'en débarrasser" … "

Le tour du vieux Sadio arriva :

« Merci monsieur le muezzin, soupira-t-il, j'ai tout entendu, mais dis à mon ami qu'on ne meurt qu'une seule fois.

— Mais ça c'est le mariage, totalement différent de la mort.

— Et si c'est le mariage, tu n'as qu'à la marier toi-même. Car un homme c'est celui qui sait tenir sa parole et moi je le suis.

— Mais un grand homme c'est aussi celui qui revient sur ses erreurs.

— C'est toi qui le considères comme une erreur, si jusqu'à présent vous êtes indécis, quant à moi j'ai pris ma décision depuis le jour que j'ai renvoyé votre fille et je ne reviens pas là-dessus. C'est pourquoi je cherche l'argent, bientôt je serai à nouveau polygame ; une noble fille et bien éduquée sera la bienvenue dans ma famille.

Mamadou baissa la tête.

Ce fut le silence un instant.

— Donc attendons celle de Dieu.dit le muezzin.

Quand Sadio voulut continuer, il fut interrompu par son ami qui lui reprocha de son arrogance avant de chercher discrètement le chemin du retour.

Après ce fiasco, Mamadou rentra silencieusement à la maison où il rencontra à la porte sa deuxième fille. Elle le salua, il lui répondit fadement. Il fit part de cette situation pénible à sa femme la nuit quand ses enfants étaient déjà rentrés se coucher.

Avant le lever du soleil, la femme sut convaincre son mari en lui démontrant que la seule et bonne manière de vivre la paix et la joie dans sa famille était de rapprocher sa fille et d'implorer Dieu afin qu'elle ait un nouveau mari. La proposition de la complice était évidemment la meilleure. Mais pour le chef de famille, la dette qui était entre lui et son ami ne serait plus annulée et peut-être serait-elle bientôt réclamée.

L'épanouissement harmonieux et le retard d'un foyer sont liés au comportement de chaque membre de ce foyer.

Les jours qui suivirent la réconciliation apportèrent la joie et le bonheur. Ils atténuèrent le sentiment de méfiance qui avait éloigné longtemps José de son père.

Jusqu'en ce moment, la fille de José n'était pas solennellement baptisée. Mais à cause de sa beauté enfantine indescriptible, sa mère l'appelait affectueusement Jolie. Bien qu'elle fût baptisée au nom de sa tante décédée la veille de son mariage, le sobriquet de « Jolie » resta ineffaçable et devint le nom de l'enfant.

Deux ans plus tard, le souci de se remarier gagna progressivement le cœur de José. Elle passait la moitié de la nuit à penser à Bern. Retourner chez Bern était une chose délicate.

Un jour, elle fit un rêve affreux qu'elle raconta à un exégète. Ce dernier lui dit que c'était un bon rêve.

Dans le rêve, elle s'était retrouvée devant une mosquée avec un groupe de fidèles inconnus. La foule n'était pas d'apparence normale et habituelle des fidèles allant à la moquée. La plupart étaient habillés en Jean, Lacoste, pantalon, en tissu sous une chemise manches longues ou courtes ; elle était élégante. Les uns buvaient, les autres bavardaient. Elle s'avisa certainement qu'il y avait des malfaiteurs aux alentours. Tout à coup, un élément sortit un revolver de sa poche tira un coup en l'air en guise d'avertissement ; il voulait rassurer les malfaiteurs qu'ils étaient prêts en cas d'attaque éventuelle. Puis elle se revit dans une ruelle bordée d'arbustes dans un quartier inconnu ; ses amis la poursuivaient, la menaçaient de mort.

« On nous a dit que tu as beaucoup d'argent, donne-le nous, sinon tu seras battue à mort.

— C'est le contraire ; je n'ai point d'argent.

Ses assaillants au regard hostile tentèrent de l'attraper. Elle prit la fuite et réussit à se sauver. Arrivée dans un autre lieu inconnu peut-être un lieu public clôturé, elle se déchaussa à la porte et rentra sans hésiter. A l'intérieur, une foule élégante était devant une maison célébrant peut-être une fête. Pieds nus, elle s'approcha curieusement et reconnut les amis avec lesquels, elle jouissait devant la mosquée. Ils étaient habillés conformément à la circonstance. Elle retourna à la porte pour se chausser, mais n'y trouva rien, elle chercha vainement ses chaussures. Quand elle leva la tête pour regarder devant, elle se vit entourée de trois assaillants : l'un la saisit par son bras droit, l'autre son bras gauche et le troisième lui posa des questions.

— On m'a dit que tu gardes une somme importante sur toi. Donne-la-nous, sinon tu seras battue à mort.

Elle criait, se lamentait pour son innocence et attirait l'attention des fêtards. « Que voulez-vous me faire ? Qu'ai- je fait ? Je vous en prie, ne me tuez pas ».

Soudain deux adolescents de vrais colosses comme firent irruption et retirèrent la fille des mains de ses assaillants. José était une fille gentille, elle avait rendu service à ses deux sauveurs, selon son rêve.

Le rêve était vraiment terrible.

Cette scène n'était pas imaginaire, elle se sentait au cœur de ces événements comme dans sa vie sur terre. Ce n'était pas un rêve. Elle arrivait maintenant devant un terrain de football ; les gens rentraient après avoir payé le ticket au guichet. Elle voulait rentrer aussi dans ce stade, mais elle n'avait ni chaussures ni argent. Ayant l'air d'un chien battu, personne ne lui adressait mot ; les jeunes filles passaient en compagnie de leurs amis, la toisant et l'indexant. Elle avait vraiment l'air d'une folle. Sous l'ombre d'un parapluie qu'elle tenait dans la main gauche et une paire de chaussures dans l'autre, Jolie apparut. Elle avança vers la folle et lui tendit la paire de chaussures.

— Tiens maman ! Pourquoi es- tu sale et égratignée comme ça ? Tu ne rentres pas suivre le match ?

— Je ne pouvais pas rentrer pieds nus et dépourvue d'argent.

— Alors rentrons.

Elles se dirigèrent vers le guichet sous le parapluie et le rêve terrible prit fin.

Elle se réveilla brusquement en criant, descendit du lit et s'agenouilla dans la direction de la Kabba pour réciter quelques versets du saint coran : c'était la manière de chasser la terreur qui l'avait frappée et tous les malheurs qui pourraient lui arriver le lendemain.

L'amour charnel ne meurt guère, il s'étouffe. Une nouvelle aventure s'ouvrait à José. Bern qui avait passé un bon moment dans la nostalgie de son ancien amour, entama d'autres affaires fructueuses pour soulager sa peine, sa démence, en un mot sa déception. En plus il sortait maintenant avec une autre fille. Car la plaie d'un amour est guérie par un autre amour. Tiguidanké, c'était son nom, mais on préférait l'appeler Tigui.

Bern se souvenait le jour du mariage de sa fiancée, partie pour sa première lune de miel. Ce jour-là, il fit sa première nuit blanche. Il entra à la maison vers vingt-deux heures après avoir bu dans un cabaret. Il se fonça dans son lit et sa tête en cogna le chevet. Son regard vers le plafond n'y voyait pas les grandes étoiles gravées par un décorateur célèbre. Bern admirait le pot de fleurs posé au fond, sur la table, au ras du lit, embelli par la photo de José qui s'y trouvait comme pour dire que Bern gardait jalousement l'amour de José dans son cœur.

Il se leva, saisit le pot. Voulant retourner au lit, le pot glissa de ses mains et se fracassa sur le sol. La photo qui n'était pas cassable se renversa sur les débris de verre. Il était vraiment épuisé ; épuisé mentalement, mais pas physiquement. Il se pencha sur les débris, retira la pose et la fixa longuement des yeux avant de la déchirer de façon ré méconnaissable. Oui ! Cette photo était à présent l'image de son ennemie, de la traîtresse et de l'ingrate. Mais cela ne suffisait pas pour oublier celle qui avait passé plusieurs années d'amour, de joie, de jalousie et de souffrance avec lui. Il se laissa tomber de nouveau dans son lit et commença à pleurer. Les larmes qui coulaient de ses yeux mouillèrent une infime partie de l'oreiller. Mais rien ne pouvant résister au sommeil, il resta à penser et le sommeil vint l'emporter. Il dormit, puis se réveilla. Alors il pensa à son cahier. Mais un simple cahier ; il n'était ni un prédicateur, ni un imam, ni un psychologue pour apaiser sa douleur, lui montrer qu'il était plus facile de tourner la page d'une histoire que de tourner celle d'un cahier. Et ses textes ne pouvaient être assimilés que par un esprit tranquille et paisible. Il le feuilleta machinalement, passa d'une page à une autre, d'une leçon à une autre sans y retenir une lettre. Le cahier pesa lourd dans ses mains, il le jeta au-dessus des autres sur la table, se tint debout et se dirigea vers la porte quand il entendit le premier appel du muézin à la prière. Le lendemain en allant à l'école, il parlait seul sur la route comme un fou, mais on n'enchaîne pas tous les fous. Il prit un minibus magbana et devait descendre à Condébouyin, marcher comme d'habitude pour se rendre au lycée Yimbaya, mais c'est quand il vit un avion décoller qu'il sut qu'il avait dépassé sa destination et qu'il était maintenant à l'aéroport de Gbèssia. A l'école, il devint le corbeau de la classe. Le professeur de français expliqua sa leçon sur l'accord du participe passé employé avec l'auxiliaire être puis il dit à Bern d'aller au tableau et d'écrire cette phrase « Je suis assis sur le banc » parce qu'il savait que Bern avait toujours les meilleures notes en français. Quand celui-ci arriva au tableau, il écrivit « José s'est mariée hier ». Tout le monde rigola. Le professeur lui dit alors de lire ce qu'il venait d'écrire. Il regarda le tableau, mais ne put pas lire sa phrase.

José avait passé deux ans sans avoir vu ni appeler son ancien petit copain. Elle se demandait à présent comment le séduire de nouveau. Mais la femme paraît magique dans une telle circonstance.

Surprise ! Bern vit sur l'écran de son portable un numéro qu'il avait supprimé, il y avait très longtemps. Cela, pour oublier définitivement son propriétaire. Il laissa le téléphone sonner trois fois, et pendant ce temps, il se posait assez de questions.

« Pourquoi celle-là m'appelle-t-elle ?

Ne s'est-elle pas trompée de numéro ?

A-t-elle un problème dont je suis la solution… »

Il essaya de répondre à ces questions, mais il ne sut répondre qu'à une seule : « ça, ce n'est pas une erreur sinon deux fois suffisaient pour la corriger. » Il décrocha le téléphone et une belle voix se fit entendre.

« Où étais-tu ? Ou bien ne veux-tu pas répondre à mes appels ?

— C'est qui s'il vous plaît ?

— Donc, tu as déjà effacé mon numéro ?

— Qui est à l'appareil ?

— C'est moi José. Tu ne reconnais plus ma voix ?…

— Oui ! José, ça va ?

— Tout va bien par la grâce de Dieu !

— Merci je veux répondre à tous tes appels, mais je me demande pourquoi tu ne m'appelles qu'aujourd'hui après tout ce temps ?

— Ne veux- tu pas que je t'appelle ? Parce que je t'ennuie maintenant ?

— Non plutôt je ne t'intéresse plus. Tu préfères les autres…

— C'est le contraire, je t'aime pour toujours comme je te l'avais promis…

La conversation dura trente minutes environ. Et chacun garda dans son cœur son secret.

Deux jours après un autre coup d'appel résonna. Ce n'était pas une surprise. C'était José qui avait appelé la dernière fois. Dès qu'il répondit à l'appel, ce furent les mêmes accusations qui accompagnèrent la salutation.

Tigui aimait Bern à la folie, et sans réserve.

Son amour permit à Bern d'oublier presque totalement José. Bern qui venait de terminer ses études dans une école professionnelle d'hôtellerie n'avait qu'un seul souci : trouver de l'emploi et marier Tigui ?

Les appels de José le perturbaient quotidiennement. L'objectif de ces appels n'était pas seulement de revivre avec Bern mais de le convaincre pour qu'il assume la paternité de l'enfant. Chose qui semblait impossible. Car accepter la paternité de cette enfant, c'était reconnaître sa responsabilité dans la séparation de José et de son mari. Une telle culpabilité l'aurait farouchement opposé à son père, un collègue de Mamadou.

Malgré ses prières, la crédibilité de ses arguments, ses pardons et ses menaces, elle n'arriva point à faire changer d'idée à son vieil ami.

Il y a autant d'amour que de problèmes. Ces problèmes sont sans doute les fils conducteurs de l'amour. Il arrive des fois qu'ils s'échauffent, se coupent et par conséquent rendent difficile, la circulation normale du courant affectueux. Il ya aussi des ennuis intimes et confidentiels qui naissent dans l'amour ; leur résolution implique la compréhension réciproque des deux partenaires.

Bern épousera finalement Tigui qui lui fit deux enfants avant le mariage ; un garçon et une fille. Leurs deux familles étaient simples et avaient moins de problèmes. Dans leur coutume, deux personnes de sexe différent peuvent s'aimer et faire des enfants s'ils le désirent, la nature de la religion de chaque partenaire importe peu. Bern rentrait chez Tigui quand il voulait. Des fois quand elle était absente, ses parents lui donnaient la place et dépêchaient immédiatement un enfant à la recherche de leur fille. Quand Tigui aussi allait dans la famille de son ami surtout la nuit, elle y dormait jusqu'au matin et sortait de la chambre de Bern devant les parents de celui-ci. Un jour, Bern passa la nuit dans la chambre de sa petite copine. Le matin, il se réveilla, sortit et fit la toilette. En rentrant chez lui, le père de Tigui était là, devant la porte en train de prendre l'ablution. Il dut lui dire au revoir !

— Bonjour Papa !

— Bonjour, mon fils, comment vas-tu ?

— Je vais bien papa ! Je rentre maintenant papa, au revoir ! dit-il en bafouillant.

— Ha ! Merci mon fils, mais mon fils, ça ne va pas à l'heure-là. Je ne sais même pas ce que je vais donner à ta belle mère quand elle se réveillera pour qu'elle aille au marché …

Bern mit rapidement sa main dans sa poche. Il en retira quelques billets de cinq mille francs et les tendit à l'homme.

— Merci mon fils, merci beaucoup. Ma fille, c'est ta femme, quand tu seras prêt, n'hésite pas, viens présenter les kolas. Si tu présentes les dix kolas, c'est fini... Tu es vraiment gentil, à ce soir !, termina-t-il en souriant.

Bern avait eu un emploi dans une entreprise privée où il gagnait un million cent mille francs par mois. Cette somme suffisait pour toutes les dépenses de sa famille et pouvait lui permettre de faire des économies mensuelles. Cependant sa femme Tigui avait une particularité : tant qu'elle voyait l'argent, elle le dilapidait. A la fin de chaque mois, après la paie, son mari calculait le montant de la dépense mensuelle et le lui remettait intégralement. Mais elle engloutissait les frais de deux jours en une journée, ceux d'une semaine en trois jours. Avant la première moitié du mois, elle se mettait à quémander la dépense. En plus, elle cherchait toujours à paraître attirante devant son mari et élégante parmi ses camarades de sèrè ; elle avait dépigmenté sa peau et cet entretien lui coûtait cher. En fin de compte, Bern ne parvenait pas à économiser quoi que ce fût, la fin du mois le trouvait chaque fois, saigné à blanc. Un jour pour des raisons politiques, on ferma leur entreprise. Cette situation le réduisit à la mendicité.

CHAPITRE IV

L'aliénation culturelle

José était une femme toujours coquette le sourire aux lèvres. Elle n'était jamais tranquille dans son comportement surtout en face de celui qui l'admirait. A part sa beauté, le balancement de ses reins influençait fortement les hommes. Des hommes riches et des hauts cadres lui faisaient la cour. Mais la plupart "cherchaient" simplement une sortie avec elle. A cet effet, trois cent mille ou quatre cent mille francs pour une seule nuit, n'étaient rien. Ceux qui voulaient l'épouser étaient découragés par les voisins jaloux ou par le simple fait qu'elle avait une fille d'une personne crainte et respectée, le vieux Sadio. Cette situation était devenue une entrave à son futur mariage. Alors, elle congédia sa fille au village auprès de sa grand-mère, et se mit au travail. Dès lors, ses arguments niant toute maternité, devenaient plausibles et crédibles.

Un jour sur la route de son atelier, José fit la rencontre d'un monsieur qui roulait dans une voiture décapotable résonnant de la musique comme dans une boîte de nuit ; c'était sa façon de se montrer aux jeunes filles. La voiture stationna tout près de José et la vitre de la portière dont elle faisait face baissa automatiquement.

Le monsieur la salua :
— Bonjour ! Madame ou mademoiselle ?
— Bonjour ! C'est mademoiselle José.
— Moi c'est Barfadé. Enchanté de faire ta connaissance !
— Merci !
— Où vas-tu ?
— A la maison.
— Alors monte, je vais t'accompagner.
Elle monta dans la voiture.
— Tu es vraiment magnifique ma sœur !
— N'est ce pas ? Sourit José.
— Regarde-moi.

Dès qu'elle tourna le regard, l'homme tira une pose de son visage avec son portable Motorola ; puis la causerie continua. Il demanda tous les renseignements nécessaires pour la retrouver ultérieurement.

— Ici c'est bon, arrête-toi là
— Tiens ça, c'est ton transport demain pour aller au salon, dit Barfadé en lui donnant une liasse de billets de banque.
— Hi ! Tout ça pour moi seule ?
— Ce n'est rien. Je te rappelle la nuit.
— Ok, sourit, plus charmeuse, José

Quand Barfadé revint à la maison, très gai, où Soul son ami intime l'attendait, il lui dit :
— Soul, regarde cette photo, comment vois-tu cette fille ?
— Franchement elle est très belle ; on dirait une métisse. Quand on entend femme, à vrai dire c'est ça !

Barfadé était un homme de la diaspora africaine comme ses frères qui venaient d'arriver des Etats Unis, de l'Union Européenne ou d'autres pays développés. Il voulait se faire voir c'est-à-dire se distinguer des autres notamment de ses amis qu'il avait laissés dans le désespoir, la misère et dans la répression, il y avait bien longtemps.

Ce changement de comportement se manifesta à l'aéroport dès sa descente d'avion. Les Africains ont l'habitude de se serrer la main simplement ou de se prendre dans les bras quand la séparation date de longtemps et que les émotions sont en éveil. Barfadé, lui, serra des mains, embrassa deux fois de chaque côté de la tête en posant légèrement sa joue sur celles des autres. Sa voix n'était plus comme celle d'un homme, notamment de l'homme africain, constata-t-on. Elle s'était féminisée.

A la maison, il ne mangeait plus du to, du lafidi, du tombö,…

Il préférait maintenant les mets européens des hôtels, des grands restaurants.

A cause de son amour, notre Barfadé mangeait des plats préparés par José qui ne manquaient de rien pour avoir le sentiment d'être en Europe. Il se baladait avec José dans son cabriolet chic que ses amis par complaisance appelaient " number one " et avait un joli portable.

Le bonheur de José fait parfois le malheur des autres.

Les sorties élégantes de José vont attirer la colère des voisines qui se demandent par jalousie pourquoi le choix de José : « José, une vieille usée, celle qui avait été répudiée à cause de son infidélité. He ! C'est incroyable ! » Ces on-dit et bien d'autres parvinrent aux oreilles de Barfadé. Mais pour répondre à toutes ces diffamations, José disait ceci : « Laissez-les parler. La femme n'est épousée que par son mari. »

Ses propres parents d'ailleurs s'étaient opposés au mariage de José le jour où il l'avait présentée à la famille. Or Barfadé faisait ce qu'il voulait parce qu'il en avait les moyens. Les Blancs lui avaient appris que le respect social est graduel.

Il dépend exclusivement de la fortune ou de l'apport social de l'individu. Or en Afrique, il dépend généralement de l'âge, de la responsabilité, du sexe et de la lignée. Ainsi dans ce cas-ci, on peut être plus âgé que son oncle, mais on lui doit le respect.

En dépit de toutes les filles de mœurs qu'on lui avait proposées, il avait préféré José. « J'ai déjà fait mon choix… », disait-il.

« La beauté physique est séduisante, mais elle n'est pas comestible. »disait un vieillard.

« Le soleil des Blancs avait mis l'Afrique en retard et avait sapé toutes ses valeurs culturelles » ; me disait aussi ma mère.

CHAPITRE V

Une promenade à travers Conakry

Il sortit la voiture de la cour, José à ses côtés ; il prit la direction de la ville. Partout où ils passaient, la voiture attirait le regard des gens vers elle. La promenade à travers la ville de Conakry était un voyage pénible ; la ville ne comportait que deux routes principales : l'autoroute et la route « Le Prince ». La première était mal bitumée, dégradée par les pluies torrentielles de l'hivernage ; des fosses dont on ne voyait pas la profondeur de loin, étaient partout. Seules les voitures 4x4, les franchissaient aisément. Aux carrefours, des policiers attifés sifflaient ; des policiers qui ne connaissaient pas la carte d'identité, les permis de conduire, les vignettes, les certificats d'immatriculation ou toute autre pièce faisant l'objet de contrôle strict ; car tout ce qui les intéressait c'était l'argent. Ils savaient que les billets de mille francs sont plus petits que les billets de cinq mille francs ainsi que les billets de dix mille francs. Quand la voiture arriva au carrefour d'Enta, ils se précipitèrent pour l'arrêter. Car ils discernaient bien à distance l'étranger du citoyen.

— Hé ! Monsieur présentez vos papiers, dit celui qui savait parler français.

— Salut avant tout, affirma Barfadé la mine serrée.

— Ha ! Ça va, maintenant tu peux présenter tes papiers.

— « Guilagüe à yètèkanna dé » disaient les autres avec des regards torves.

Ceci toucha sa prétendante qui s'écria : « Donne-leur de l'argent. C'est ce qu'ils connaissent »

— Hé toi ! Quel est ton problème ? Tu n'as rien à avoir dedans.

— Calme-toi chérie, intervint Barfadé, monsieur, tiens ! Tu vois que je viens de la faire sortir du port. Je suis en train de faire l'essai. Prenez les dix mille francs-là ; nous sommes ensemble.

Il lui tendit deux billets de cinq mille, démarra et continua sa route.

Conakry avait l'air d'un pays qui avait les offres de guerre ; des hommes armés et parfois des engins militaires lourdement équipés erraient parmi les citoyens ; ils avaient tous les droits : droit de rouler à la vitesse voulue, droit d'insulter, de menacer ou de frapper les autres conducteurs. D'Enta à Madina, soit une distance de dix-sept kilomètres, était en reconstruction, les véhicules se perdaient dans des nuages de poussière aveuglant les passagers. Toutes les maisons environnantes, les boutiques et les magasins ainsi que leurs contenus étaient envahis. Des bulldozers, des camions, des grues, des bétonneuses géantes, compacteurs, des brouettes... faisaient vibrer la terre en un mouvement simultané. Des montagnes de terre rousse, de granite, de sable et de gros cailloux se formaient tout le long de la route. De nouveaux échangeurs et ponts étaient en chantier. A quelques mètres des travaux, on voyait des panneaux de déviation.

Quand ils sont arrivés à Matoto, un bruit indescriptible de femmes vendeuses mêlé à celui de leurs clients et au cri des policiers leur parvenait. Ces braves femmes étaient là avant le premier chant du coq, chargées de lourdes marchandises de manioc, de patate, de plantain, des arachides, du gingembre, du poisson,...le tout dans des bassines ou des sacs ... pour trimer jusqu'au soir pendant que leurs maris désœuvrés étaient en train de dormir, bercés par la musique de "la pluie de paresse". Cette pluie qui ne tombe qu'à l'aube et donne la paresse à l'homme qui veut se lever. Quand le soleil était au zénith, ces maris oisifs s'invitaient au bar-café, le programme de la loterie à la main pour combiner des chiffres, jouer aux dames et diffamer les autres qui ont refusé cet état de dépendance en allant au travail ou allant chercher du travail. Le soir, ces hommes n'avaient qu'un seul souci ; retrouver leur repas copieux, des coépouses prêtes comme des usines à faire une progéniture nombreuse.

Quand ils atteignirent le rond-point de Gbèssia, des policiers encore, étaient là en train de discuter avec un chauffeur de magbana qui refusait de mettre la main à la poche.

— J'ai mes papiers au complet, je ne vous dois rien maintenant.

— Est-ce que ce sont tes papiers que je vais donner à ma femme pour la dépense ?

Apercevant une voiture sans plaque, ils se précipitèrent vers elle, abandonnant le magbana dont le chauffeur fila. Mais Barfadé connaissait parfaitement les tactiques pour survivre dans ces situations de corruption et de désordre, il savait effectivement que seuls les "Kamberemba" pouvaient mener une vie meilleure dans cette city. Ce sont eux qui gagnaient de l'argent facilement, qui échappaient au contrôle illégal des policiers, aux arrestations arbitraires, au complot des hommes armés, à la méchanceté et à la malhonnêteté de certaines personnes de la capitale.

Alors il fit prendre de la vitesse à sa voiture et s'esquiva, le policier qui avait écarté ses pieds devant le véhicule, le sifflet dans la bouche, prête à en faire l'usage, sauta du côté où il avait laissé ses amis.

— Hé ! L'enfoiré veut me tuer.

— Ha ! Laisse-le, il reviendra nous trouver ici ; ne te presse pas

Arrivés à Madina, les promeneurs retrouvèrent une foule en délire. Les uns allaient, les autres venaient sans direction réelle comme des fourmis déroutées. Tous les habitants de Conakry étaient-là, ce qui fit augurer à José qu'elle était la seule avec Barfadé à avoir pris tardivement part au rendez-vous. Dans les rues, des garçons et des filles, leurs marchandises en main, sur la tête ou dans un carton dont la corde passait derrière le cou, couraient entre les longues files de véhicules. Barfadé et José demandèrent, le prix aux marchands ambulants :

— C'est combien ça ?

— Ça ?

— Non, l'autre

— Clinex ! C'est mille francs. Vous en voulez pour combien ?

— Envoie dix…

Ils étaient là, dans les énormes embouteillages interminables de cette ville ; la chaîne de véhicules qu'ils formaient, avançait comme une chenille, d'abord la tête, puis les anneaux postérieurs enfin les anneaux antérieurs. Ce fut le tour de Barfadé ; il bougea rapidement pour se retrouver à la distance de sécurité de la Renault de devant. Le jeune marchand qui avait donné les dix paquets de clinex suivit le véhicule en hâte et José laissa tomber l'argent à terre.

Des véhicules stationnaient pour se décharger, ou pour se recharger ; des passagers descendaient tandis que d'autres montaient sans se donner le temps de sortir ou de rentrer. Ils se bousculaient, se disputaient, s'accusaient d'être des « traîtres », des broussards, d'idiots ou d'ennemis de l'évolution. Deux femmes noires se tenaient au bord de la route sous ce soleil ardent ; elles portaient chacune dans les bras deux enfants ; des jumeaux. « Goulie wokhèbouma... »

— Que veut dire cette expression : « koulikèebou ma ? » demanda Barfadé en jargon.

— Elles réclament de l'argent et veulent dire : les jumeaux vous saluent.

Il sourit en envoyant sa main vers le coffre, appuya sur le bouton et sortit deux billets de banque craquants avant qu'il ne relâche le bouton enfoncé. José saisit les billets et les distribua aux femmes. « wonu wali » dirent les femmes en chœur tout en formulant des bénédictions à l'endroit de leurs bienfaiteurs.

— Mais ces femmes sont vraiment naïves, comment peuvent-elles venir vivre à la merci de ces intempéries, dans cette poussière, sans mesure de protection pour demander des billets de cent francs ou de cinq cents francs ? Si ces enfants-là tombaient malades, elles perdraient tout ce qu'elles ont acquis ici. Il est mieux qu'elles adressent des notes d'aide aux riches comme on le fait dans les autres pays du monde.

— Certaines d'entre elles affirment que les enfants meurent pour n'avoir pas pratiqué cette mendicité.

— Véritable erreur de jugement ! Moi j'ai deux frères jumeaux, Alhassane et Lancinet, les benjamins de ma maman qui ne s'est jamais livrée à la mendicité. Pourtant, ils sont tous vivants.

Conakry est aussi la capitale des hommes galants et des femmes frôleuses ainsi que des taquineries obscènes. On y trouvait tous les genres d'hommes : des voleurs, des bon à rien, des sérieux et des soucieux, des païens et des religieux, des fous, des errants,... mais dans les remous de cette foule immense, on craignait beaucoup une seule personne : le voleur. On a l'esprit toujours tourné vers lui à chaque instant. Pourtant à vue d'œil, il n'était qu'un maigre mec. Il profitait de bousculades organisées, pour ôter les portefeuilles, les portables,... parfois il n'était pas seul, pour accomplir certaines actions. Ils agissaient en groupe ou, pour assurer leur survie en cas d'emprisonnement, ils s'organisaient en groupe. Au chef du réseau, chaque élément devait faire un compte rendu après chaque opération. De la sorte, il pouvait se présenter à la gendarmerie, à la police ou à la « sûreté » en guise de grand frère pour soudoyer le chef de poste afin de libérer l'accusé. Malgré leur perversité, ces malfrats ne touchaient pas les vendeuses assises au bord du marché qui les voyaient tous les jours dans leur ménage. Si, par étrangeté, ils volaient l'une de leurs marchandes ou leurs clients préférés, elles se plaignaient chez le chef qui rassemblait tout le monde et demandait la restitution immédiate du butin. Pour réaliser certains actes, ils agissaient en groupe de deux ou trois ; le premier qui est près de la cible tirait la chose, le second l'emportait ou la passait au troisième qui s'en emparait en se dissimulant dans la foule.

L'autre fois, pendant que le problème de transport se posait, un voleur tira furtivement le portefeuille d'une femme sous son aisselle et le fourra dans son pantalon. La femme avait son bébé dans ses bras, son sac dans sa main et attendait un véhicule. L'action était si rapide que la femme se rendit difficilement compte de ce qui lui arrivait. Par la suite, elle sentit que son avant-bras se collait à son flanc, elle regarda vers son portefeuille pour en constater sa disparition. Elle fit alors volte-face et aperçut un jeune qui retirait sa main de son pantalon. Elle comprit que c'était lui qui avait volé son portefeuille contenant son argent et son portable. Elle se dirigea vers l'intéressé. Ce dernier affolé, sortit vite le butin et le restitua à sa propriétaire qui l'insulta copieusement.

— Donne-moi mon portefeuille, voleur, imbécile, bandit. Regarde-moi ça ; il a pris mon portefeuille et l'a mis dans son pantalon.

Le voleur était parti, en marchant devant les témoins, sans craindre d'être lynché ou de recevoir au moins une gifle.

— Il n'a même pas honte !

Ils sont comme ça, ici. Quand tu les vois, tu penseras qu'ils aident les apprentis de magbana.

— Je l'ai vu derrière toi en train de te guetter, dit une marchande qui avait bien suivi la scène.

Le vol était devenu une activité familière ici ; au km 36, à Enta, à Matoto et à Madina des quartiers populeux où le commerce est l'activité principale, par conséquent ce sont des lieux de concentration des larrons. Certains parmi eux étaient plus spéciaux et plus instruits que les premiers ; par exemple, il suffisait de répondre aux phrases suivantes pour perdre l'argent qu'on a sur soi : « Mon frère ça va ? Quelle heure as-tu ? Je cherche mon oncle… Pouvez-vous m'indiquer chez lui ? Eh, tu m'as piétiné, est-ce que c'est bon ? » Si cela ne pouvait pas suffire, ces voleurs cherchaient à prolonger la conversation pour atteindre leur objectif. A défaut, ils passaient par des simulacres, pour se présenter comme étant des prévoyants, des marabouts guérisseurs des personnes souffrant moralement ou physiquement ; avec le pouvoir de dire le vrai nom de leur proie, alors que c'était leur première rencontre. Ils pouvaient aussi rappeler un événement malheureux dont l'intéressé avait été victime, dire le nombre exact de billets de banque qu'il détenait dans son « Föfagha » ou confirmer son souci majeur à l'instant. Ainsi l'intéressé devenait envoûté et ne faisait que suivre l'escroc volubile qui évoquait, interrompait, prévenait, mais un prévoyant de mirage.

Avant sa mort, la tante de José avait été victime d'un tel leurre. C'était au cours du mois de carême. Après le marché, elle s'était empressée de gagner la maison afin de préparer le repas de la rupture du jeûne. En route, elle rencontra deux jeunes gens minces, habillés en boubous bleu-marin et coiffés de chéchias noirs semblables à des tissus enroulés autour de leur tête. Ils étaient chaussés de babouches blanches l'un, d'une paire de sandales traditionnelles du Fouta faites de cuir tanné, l'autre. L'un d'entre eux appela poliment la tante de José :

— Maman, que la paix soit avec vous !

L'autre, le plus géant, continua devant.

— Si vous n'étiez pas pressée, enchaîna le premier, j'allais vous dire quelque chose. Acceptez-vous que je vous dévoile l'essentiel en un laps de temps parce que je sais que vous allez pour préparer notre plat de rupture du jeûne ? termina-t-il ironiquement en souriant.

— D'accord ne vous gênez pas, mes oreilles sont à l'écoute.

— Je vous remercie. Comme le dit un adage ancestral, quand tu appelles quelqu'un soit tu lui dis quelque chose, soit tu lui donnes quelque chose. Regardez-moi, je ne suis ni marabout ni féticheur et je ne dupe personne. Le Bon Dieu m'a légué un don surnaturel qui me permet de prédire l'avenir. Vous êtes une femme gentille et juste, vous avez deux garçons et cinq filles. Votre coépouse est un peu plus claire que vous, mais très méchante.

— Oui mon fils, vous avez parfaitement raison !

— Votre premier garçon est parti à l'étranger récemment. Alors, faites beaucoup attention sinon votre coépouse va lui jeter un très mauvais sort.

— Papa ! Que dois-je faire pour conjurer cela ?

— Des sacrifices, donnez-en assez pour que cela ne se produise pas !

La femme était désarçonnée ; elle avait l'impression de flotter entre terre et ciel. Le second faux marabout, le géant, s'approcha lentement.

— Mais quittez la route, reculez un peu, dit-il.

Son ami tint la main de la femme en reculant.

— Je sais que vous avez deux cent cinquante mille francs sur place, à part les pièces de monnaie. N'est-ce pas ?

— Oui mon fils, mais comment l'as-tu su ?

— Ah, c'est mon travail, maman !

— Je n'ai pas assez d'argent pour faire des sacrifices nombreux, les temps sont durs.

— Alors, moi, je vais vous aider.

Il se pencha et prit trois petits cailloux au sol ; il les saliva légèrement trois fois, récita quelques versets en murmurant puis les tendit la vieille qui les reçus avec zèle.

— Le soir, une fois que vous serez seule dans votre chambre, cachez votre argent sous votre matelas et déposez un grain là-dessus. Plongez l'autre dans l'eau avec laquelle vous devez vous laver. Enfin, mettez le dernier grain sous votre oreiller et ne regardez plus votre argent jusqu'au matin. Au réveil, vous constaterez qu'il s'est multiplié.

— Multiplié, multiplié combien de fois ?

— C'est deux cent mille non ! Alors il va se multiplier par cinq donc tu auras un million. Tu prends quatre cent mille francs dedans et tu achètes un bélier blanc et une chèvre noire que tu offriras en sacrifice aux pauvres.

— Merci papa, combien vous dois-je ?

— Non maman je l'ai fait pour le Bon Dieu qui m'a donné ce pouvoir.

Elle se sépara du jeune homme en se confondant en bénédictions et en remerciements.

La tante de José, à l'entrée de la maison, salua et passa sans expliquer à quiconque son inquiétude. Elle déposa les condiments justes devant la porte ouverte et pénétra dans sa chambre. Elle chercha d'abord tous les billets qu'elle gardait dans la maison ; dans l'armoire, dans le tiroir du buffet qu'elle tira nerveusement ; sous la nappe de la table, dans le nœud de son pagne et même l'argent que les voisins lui avaient confié. La vieille était persuadée qu'elle était déjà millionnaire ; il fallait attendre seulement douze heures pour toucher la fortune. Au même moment vint son benjamin

— Eh ! nènè est venue, nènè est venue, qu'est-ce que tu m'as apporté ?

— Laisse-moi tranquille, je suis occupée pour le moment.

Elle continua à fouiller partout.

— Que cherches-tu maman ? S'inquiéta l'enfant.

— Laisse-moi en paix et va rejoindre tes amis, je n'ai pas envie de bavarder à l'heure-là.

L'enfant sortit pour observer dans le sachet qui contenait les provisions et en tira une banane et une orange.

Elle mit tout l'argent sous le matelas et déposa un grain dessous, elle abandonna l'autre, dans un seau, où il fit tintement.

Elle sortit le seau, se dirigea vers la pompe, le remplit et allas vers les toilettes. Elle avait oublié que la cuisine du jour était la fin de son tour de la semaine et que l'heure de la rupture approchait à grands pas. Entre chien et loup, elle fut réprimandée par son mari à cause de son retard. Elle se coucha, poussa le troisième grain sous son oreiller.

La nuit fut longue, elle rêvait à sa fortune et pensait aux projets qu'elle entreprendrait désormais, et pensait à la récupération de son pouvoir, celui de son vœu le plus cher, le vœu de toutes les femmes africaines : retenir le mari sous sa domination. Depuis la rentrée de sa coépouse dans cette maison, elle n'a plus connu de bonheur. L'arrivée de cette coépouse plus belle qu'elle, inspira d'autres sentiments à son mari ; il ne l'appelait plus pour lui confier un quelconque secret. Il ne demandait plus son avis sur des questions importantes d'ordre familial. D'ailleurs, il commença à tricher sur "les deux jours de la tante de José".

Le matin, elle se réveilla très tôt, fit sa toilette sa prière et vint soulever le matelas qui semblait léger ce jour-là. Il n'y avait que des papiers blancs joliment coupés. Tout avait disparu sauf les pièces de monnaie et le gravier. Alors elle sentit que le poids du matelas en paille devenait de plus en plus lourd dans ses mains. Elle le laissa choir en criant. Ses gémissements alertèrent tout le quartier ; les curieux vinrent de tous les horizons pour demander ce qui se passait. Ses créancières aussi furent de la partie se posant toutes sortes de questions : « Qu'est-ce qu'il ya ? Qui a fait ça ? Oh mon Dieu, il n'a pas pensé… ! Quel jour ! »

L'homme lui avait indexé un immeuble la veille, l'un des immeubles Sadio, en lui disant qu'il habitait au deuxième étage et qu'elle pouvait s'y rendre en cas de besoin. Le vieux Sadio déclara ne pas connaître cet homme.

Le soir, elle se fit accompagner par deux gendarmes et alla à l'immeuble pour arrêter le voleur. Aucune trace de lui.

A partir du pont le 8 novembre jusqu'au Port Autonome de Conakry, l'image de la capitale avait changé : des véhicules circulaient sur le pont pendant que d'autres passaient en dessous. Le nombre de routes bitumées, d'affiches publicitaires le long de ces voies, de voitures luxueuses, avait aussi augmenté. De grands et magnifiques immeubles espacés par des maisons délabrées, fascinaient le regard de José. Sur les toits de ces maisons, reposaient de vieux pneus, des planches de bois lourd, des objets usés. Certes, ces objets solides permettaient à ces vieilles tôles de résister, malgré des gémissements, à la volée que provoqueraient certains vents violents. En scrutant la disposition de ces immeubles par rapport aux maisons vétustes des pauvres, on avait l'impression de voir la représentation graphique, de la vie politique guinéenne : l'espoir et le désespoir.

Tous les ministères et toutes les grandes entreprises du pays étaient là. Devant ces grandes maisons d'affaires, des flots de véhicules étaient garés les uns près des autres. Des gens assis, d'autres arrêtés, tous attendant devant ces établissements de service public ou privé, une occasion. D'autres encore marchaient, se saluaient sans perdre de temps comme s'ils n'étaient plus en Afrique, traversaient par petits groupes la route en suppliant par un geste de main les chauffeurs de bloquer la circulation pour leur permettre de passer. Parmi eux des jeunes femmes langoureuses, habillées à la mode occidentale : elles portaient des pantalons ou des mini-jupes sous des chemisiers ou des chemisettes, un sac à la main ou à l'épaule. Sur la tête, des cheveux nattés aux mèches ou voilés par une perruque.

Les feux de signalisation étaient plus nombreux ici que les policiers et la plupart fonctionnaient normalement. Les enseignes lumineuses des pharmacies et des boutiques des Libanais embellissaient en plus, ces immeubles.

La ville de Conakry n'avait presque rien de semblable avec le reste du pays. C'était la grande partie moderne du pays.

En revenant de la promenade, José et sa compagne empruntèrent la route « Le Prince ». Elle était évidemment la princesse des routes en Guinée : ses deux chaussées à circulation unidirectionnelle et comportant chacune deux voies, sont séparées par un terre-plein central sur lequel se dressaient des poteaux qui assuraient l'éclairage. La priorité dans les carrefours était réglementée par des feux de signalisation ou des policiers moins corruptibles.

Après bambéto, la voiture vint se garer à côté d'un immeuble. Les deux amis sortirent et montèrent à l'étage. Barfadé avait un ami qui habitait au dernier étage et qui avait entendu la nouvelle de son arrivée. Il voulait le saluer. Après l'expression des sentiments de retrouvailles, l'ascension se termina au balcon. Là, sur les hauteurs de la capitale, ils contemplaient le nouveau paysage de la ville : beaucoup d'immeubles avaient poussé, la densité de la population était croissante suite à l'exode rural ; le nombre d'automobiles aussi. Au nord, de nouvelles maisons isolées s'étalaient vers la mer. De l'autre côté de la route, un train traînait ses énormes véhicules remorqués, légèrement espacés et numérotés en désordre. Ils étaient remplis de terre rouge, la bauxite de Kindia. Une sonnerie retentissante avertissait sa venue en plus du vrombissement qui l'accompagnait. C'était le train minéralier de l'Office des Bauxites de Kindia. Encore plus loin de là-bas, là où le ciel semblait toucher la terre, on apercevait une immense plaine d'eau qui s'étendait à perte de vue. La brise de la mer qui soufflait à partir de là-bas, rafraîchissait l'atmosphère et caressait leurs corps. Ils prirent congé de leur ami vers le crépuscule, l'heure à laquelle se formaient de gigantesques embouteillages sur « Le Prince ».

Arrivés à Enco-5, ils dévièrent en empruntant le tronçon menant à Sangoya. Ainsi ils avaient échappé à la vigilance des policiers de Matoto. Ils traversèrent Entag presque pendant le crépuscule. La voiture clignota du côté droit pour indiquer qu'elle voulait tourner à droite, mais elle faillit rentrer en collision avec un autre véhicule qui sortait du quartier. Heureusement qu'ils freinèrent tous à temps. L'autre voiture était conduite par le vieux Sadio qui avait appris les nouvelles de ce jeune généreux qui avait demandé la main de son ancienne femme et il connaissait sa voiture par les commentaires de ses proches qui en avaient exagéré sa rareté. Il éteignit son moteur, reposa ses mains sur le volant et fixa, du regard, l'autre véhicule.

— Hé mon frère, ya quoi ? Laisse-moi passer ou bien ?
Aucune considération.
— Hé c'est à vous que je m'adresse, laissez-nous la route, chuchota Barfadé inquiet.

José assise à côté de lui connaissait le provocateur, mais ne disait rien.

Barfadé comprit que le vieux avait certainement envie de le provoquer. Il se calma dans son fauteuil rembourré et appuya sur un bouton qui renvoya la capote du véhicule vers le pare-brise.

Ils restèrent longtemps dans cette position, mais l'embouteillage suscité par ce face-à-face devenait insupportable et avait gagné le rond-point d'Entag où deux policiers patientaient encore.

Ils furent appelés.

Quand ils vinrent, ils dégagèrent d'abord les badauds qui avaient envahi les lieux et les gens qui plaidaient auprès du vieux Sadio pour qu'il recule un peu, car il n'y avait aucun véhicule derrière lui. Puis, ils conversèrent un instant avec le provocateur. Le vieux avait beaucoup d'argent et presque toute la police de la commune de Matoto le connaissait. Il souhaitait l'arrivée de ces forces de désordre puisqu'à cause de son argent et de ses relations, il était persuadé de ne jamais avoir tort.

Enfin, ils se dirigèrent vers Barfadé

— Monsieur s'il vous plaît, descendez les vitres de la voiture, dirent-ils.

— Ça va ? C'est toi qui nous avais dépassés pendant la journée vers quatorze heures ?

— Oui, affirma Barfadé en hochant la tête.

Sa fiancée sortit de son calme en disant qu'ils n'avaient rien fait de mal et que le policier n'avait qu'à dire au richard de céder le passage. La policière qui était derrière son chef se pâma de rire, elle avait compris le sens et la cause du problème. L'homme est souvent plus capable de dissimuler son émotion que la femme.

— Pourquoi rigoles-tu, tu te moques de moi ou quoi ? riposta Barfadé.

— Non rien, je suis aux ordres de mon capitaine, dit la femme.

— Monsieur, reculez un peu, s'il vous plaît.

— Reculer pourquoi ? Regarde, qu'est-ce que j'ai fait ? A-t-il raison de barrer la route comme ça ?

— Non ! Monsieur, mais c'est un chef. Donc c'est un ordre, vous devez l'exécuter immédiatement !

Barfadé savait que son pays était victime de la corruption ; il savait également qu'il n'allait jamais avoir raison quelles que fussent sa position et ses explications.

Ainsi, il demanda au policier de dire aux chauffeurs qui étaient derrière lui de reculer. Ce dernier le fit et Barfadé vint en arrière puis fit un démarrage brusque en toute allure passant à un doigt du véhicule de Sadio

Le mariage de José fut une fête grandiose. Il n'y eut pas de préparatifs proprement dits. Les cérémonies religieuses et civiles furent célébrées le même jour. C'était un "mariage bombé". Le trousseau de José était incomparable ; plus de cinquante complets dont chacun coûtait au moins cinq cent mille francs guinéens. Les maisons des deux familles furent renouvelées. On se leva très tôt le jour du mariage pour laver, nettoyer et fourbir les contenus des maisons ; arranger les nouveaux objets et jeter les anciens. Binta, aidée par les voisines, était dans la cuisine pour préparer des plats copieux ; on avait du mal à entendre ses paroles. Deux grands haut-parleurs, l'un près de la cuisine l'autre posé sur la murette qui clôturait la véranda, diffusaient des sons de musiciens dont trois d'entre eux furent invités. Pendant ce temps, José était au salon de coiffure dans sa robe de mariage que Barfadé avait commandée en France et en présence d'un cameraman et d'un photographe célèbres. Vers quatorze heures, un groupe de véhicules vint la chercher. La plus magnifique voiture se gara à un pas du salon ; elle appela José et sa suite par des sonneries saccadées. On entendit un mouvement bruyant des femmes dans la salle puis José se présenta au seuil de la porte, elle porta un regard fier sur l'ensemble des véhicules. L'ami intime de Barfadé qui conduisait la belle voiture vint ouvrir la portière arrière et dit :

— La miss du Fouta, vous avez l'honneur !

— Merci, sourit José.

Elle sortit en titubant sur ses chaussures au talon long et pointu ; son maquillage cher et lourd ne lui disait rien, car elle pensait comme beaucoup d'autres femmes que toute mise qui la fatiguait, attirait les hommes.

Soul, l'ami de Barfadé l'aida courtoisement en la tenant par l'une de ses mains gantées.

Dans la voiture, elle prit place à côté de son futur mari. Le véhicule démarra et choisit la direction de la mairie, les autres la suivirent pour la aller signer une nouvelle union plus solide et plus garantie.

Le soir, ils vinrent chez le mari où une foule élégante et impatiente composée d'enfants, d'adolescents, d'adultes et de vieilles personnes, les attendait dans une ambiance enthousiaste.

La soirée se termina tard la nuit, dans une grande boîte de nuit.

Le mari était pressé de repartir. Le petit congé qu'il avait demandé arrivait à expiration. Le lendemain, il prit le premier vol pour Paris. Un mois plus tard, il sera rejoint par sa femme.

Le mariage de la reine de la beauté fut occasion de commentaires ; chacun l'interpréta à sa façon, mais c'est la cupidité de la famille de José qui était sujet de toutes les conversations et la chance de la fille.

CHAPITRE VI

L'immigration de Bern

Pendant ce temps, Jolie, au village, continuait de grandir et devenait une écolière intelligente. Elle était belle et studieuse. Ses bulletins de notes, lors de la proclamation des résultats, étaient accompagnés par des satisfecit et des encouragements, exhortant les parents à veiller sur sa scolarité. Cette vivacité d'esprit fut subodorée premièrement par Amadou qui avait remarqué qu'elle discernait souvent la propriété des objets et surtout n'oubliait pas les noms des gens même après leur longue absence. Au cas où elle oubliait le nom d'une personne, elle venait près de celle-ci et l'observait longuement. Elle était mince presque effilée bien qu'elle mangea normalement. Seulement, elle ne dormait pas suffisamment la nuit comme ses camarades de la même génération parce qu'elle était trop intelligente et passait ainsi beaucoup de temps à réfléchir ou à observer. Quand elle s'exprimait des fois, on se demandait si c'est elle vraiment qui parlait. On était alors obligé de chercher autour de soi, l'auteur de l'expression. Un jour, au village, son arrière-grand-mère se leva au petit matin, rentra dans la cuisine prit un bol vétuste et le remplit de charbon contenu dans un sac de cinquante kg placé dans un coin de la cuisine. Jolie superposa ces morceaux de charbon de façon habile, en laissant entre eux des espaces vides. Sur cet amas, elle déposa quelques brindilles de sapin qu'elle alluma avec la flamme d'un brin d'allumettes ; la flamme prit rapidement ces brindilles très inflammables. Alors, elle entassa délicatement le reste des morceaux de charbon qui étaient dans le vieux récipient à l'intérieur de cette flamme éblouissante. L'opération diminua la taille de la flamme naissante sans l'empêcher de gagner le cœur du foyer. En sortant, elle donna un coup de pied au récipient afin de l'éloigner du fourneau. Pour préparer le petit déjeuner, elle devait prendre de l'eau au robinet, car son petit village d'hier était devenu un gros village moderne. Un ressortissant avait aidé le gouvernement à faire l'adduction d'eau, mais la Société des Eaux de Guinée avait fermé l'eau la nuit. Quand Jolie ouvrit le robinet, quelques gouttes d'eau suintèrent. Elle fut obligée de prendre un peu d'eau du canari. Elle versa le liquide dans la marmite avant de la mettre sur le feu. Elle éplucha les légumes et surveilla le foyer. Soudain, elle vit une mousse étrange se former à la surface de l'eau alors qu'elle venait à peine de mettre le feu. Etonnée, elle se leva et alla par prudence voir dans le canari : une salamandre morte par noyade au fond du récipient y flottait. Elle appela la vieille et lui conta ce qu'elle venait de voir. Quand son arrière-grand-père eut appris ce danger qui aurait coûté la vie à toute la maisonnée, il clama la négligence de sa femme avant de supposer que la cause de l'accident était la suivante : « Peut-être s'agissait-il d'un lézard sur le mur, au-dessus du canari. Affamé, il a voulu dévorer un insecte volant autour de lui, il aurait alors dégringolé et se serait retrouvé dans le canari ouvert et plein d'eau. ».

La fille était aussi très chanceuse comme la plupart des enfants nés hors mariage. Certes, cette chance serait due aux sentiments d'affection qu'éprouvent leurs mères pour leurs partenaires.

La galère qui sévissait au foyer de Bern était tragique. Sa situation devenait de plus en plus dramatique, il devint un vrai factotum ; il avait embrassé toutes sortes d'activités, tantôt il était électricien, tantôt menuisier,...

Bern avait un ami d'enfance qu'il connaissait bien, Mamady. Ils s'appelaient tendrement "Homo". Pourquoi cette appellation ? Mamady sortait avec une collégienne d'un établissement privé pendant qu'ils allaient encore à l'école. Elle aussi se nommait José. C'est pourquoi ces deux amis s'appelaient ainsi. Mamady était un homme sobre plutôt sage. Parmi tous les camarades de Bern, il était son seul confident en raison de sa tempérance et de sa discrétion. Il ne masquait jamais la vérité et cette attitude avait suscité la méfiance chez certains de ses amis qui ne pensaient qu'à leurs intérêts ; des amis dont la fréquentation augmentait avec la taille du profit et diminuait avec sa baisse. Cependant, Mamady avait beaucoup d'amour propre, c'est-à-dire était altier.

Bern se rendit chez lui :

— Mamady, où vas-tu ? lui demanda Bern quand il le rencontra à la porte de sa concession.

— Salue-moi d'abord, sourit Mamady.

— Excuse-moi. Salut !

— Ça va bien ?

— Tout va bien ! répondit Bern avec ironie.

— J'ai un rendez-vous avec un client qui vient de m'appeler juste au carrefour là-bas, dit-il en pointant du doigt le lieu du rendez-vous, entre, je reviens tout de suite. Ta femme est à la cuisine !

Il entra dans la concession, fit silencieusement trois à quatre pas derrière madame KEITA avant de poser ses mains sur les yeux.

— Qui est-ce ? dit-elle aveuglée.

Aucune réponse.

— Qui pourrait me faire alors une telle chose ! Je sais bien qu'il s'agit de mon oncle ! C'est lui qui aime les choses pareilles !

Le mot oncle n'était pas employé au vrai sens. Certaines femmes l'emploient par respect pour leurs maris.

— Tu as été rapide aujourd'hui caméléon, continua-t-elle, ou bien as-tu rebroussé chemin ?

— Regarde-moi une femme lubrique comme toi ! Tu es vraiment satisfaite par l'affaire de ton oncle-là, dit-il en libérant ses yeux.

— Ho ! tu m'as eue aujourd'hui. Pourtant, je te préfère à mon oncle, seulement tu m'as oubliée.

— N'use pas d'argument, je sais que ta bouche est savoureuse…

Elle se leva, saisit la salière au ras de l'un des trois pierres qui soutenaient la marmite, y prit quelques pincées de sel qu'elle ajouta à la sauce. Elle attisa le feu en remuant les bois.

Ils allèrent s'installer joyeusement dans le salon en attendant le retour du chef de famille.

— Ai-je accusé un peu de retard ? dit Mamady dès qu'il rentra dans le salon.

— Pas du tout, répondit son ami.

— Merci alors ! Quoi de neuf ?

— Aaa ! Homo, c'est chaud à l'heure-là.

— Explique-moi la raison de ta présence imprévue.

Pendant ce temps sa femme avait pris congé d'eux.

Après un soupir, Bern ouvrit un long discours. Il raconta tout ce qui lui tenait à cœur, tous les malaises dont il souffrait. Pourtant, la plupart de ces souffrances ainsi que leurs causes n'étaient pas méconnues par son ami. Mais Bern se fit passer pour un cuistre.

Tous les conseils de Mamady qu'il avait suivis lui avaient permis de surmonter beaucoup de difficultés. La reconnaissance de son enfant fut l'un des sujets que Bern refusa. Mais, optimiste, Mamady savait que Bern comprendrait un jour qu'il ne lui avait pas menti.

Après une heure et demie d'échange, il fut accompagné par son ami jusqu'au carrefour où il avait reçu son client.

— Je retourne là, Homo.
— D'accord Homo merci. A bientôt !

Les propositions de son confident, pour lui, étaient humiliantes et inadmissibles. Abandonner la terre natale, était le meilleur moyen de se tirer de cette dure extrémité.

Le voyage était presque improvisé, mais pour Bern c'était le moyen inéluctable pour éradiquer l'extrême pauvreté dont il était victime depuis des années. L'arriviste sortit très tôt, le matin, quand sa femme et ses deux enfants dormaient. Tigui s'était opposée à toute aventure de son mari, sous prétexte qu'un jour Dieu les regarderait comme Il avait regardé les autres, c'est-à-dire ceux qui ont réussi, qui sont respectés et aimés à cause de leur fortune ; ceux qui ne se soucient pas de ce que leur famille doit manger le lendemain ; ceux dont les enfants se promènent dans des voitures somptueuses, et coûteuses. Ils se promenaient dans les quartiers à tombeau ouvert sans crainte d'accident qui pourrait leur faire dépenser en une fraction de seconde ce qu'un pauvre n'aurait pu gagner durant sa vie. En outre, elle entendait à la radio et voyait à la télévision, le sort de ces immigrés qui marchaient pendant des mois jusqu'au bord de la Méditerranée pour s'aventurer dans des traversées à bord d'embarcations dont la majorité coulait suite généralement à la surcharge. Ils partaient en risquant leur vie à la recherche d'une vie meilleure et sécurisée. Ce voyage hasardeux coûtait chaque année la vie à des milliers de personnes.

Ce qui écœura de plus Tigui, dans cette histoire, c'est lorsqu'elle écouta, une fois, à la radio, un rescapé raconter sa survie inimaginable : «... Sur la rive africaine de la Méditerranée, nous avons négocié une grande pirogue à moteur avec les indigènes trouvés sur place ; nous sommes montés dans la pirogue. On était très nombreux ; je ne me souviens plus de l'estimation. Nous avons traversé la mer. Quand nous avons atteint l'autre rive, c'est-à-dire les côtes espagnoles, nous avons vu des hommes Blancs en uniforme et armés. Ils ont tenté de nous arrêter et le piroguier a fait demi-tour, mais ils nous ont poursuivis dans leurs navires qui étaient plus rapides que notre pirogue surchargée. J'étais persuadé qu'ils allaient nous rattraper tous et que nous serions emprisonnés ou rapatriés ; de peur, j'ai sauté dans l'eau, deux autres passagers qui étaient à côté de moi m'ont rejoint. En plus, c'était ma première fois de me trouver dans une telle immensité d'eau et je ne savais pas nager suffisamment. Heureusement, nous sommes arrivés sur une roche plantée en pleine mer. Nous l'avons grimpée jusqu'au sommet qui pointait hors de l'eau. Le même jour, vers le soir, un monstre aquatique vint prendre l'un de nous. Nous sommes restés, le deuxième et moi, dans l'attente d'un espoir qui soulagerait notre faim, notre soif, et le froid glacial auquel nous étions exposés, en un mot, de tout ce qui rongeait nos âmes. Le lendemain, le monstre revint pour s'emparer de mon dernier compagnon. Je restais seul me disant au plus profond de moi que c'était fini : je pensais à ma mère, à mon père, à mes amis d'enfance, à ma fiancée ; l'image de mes amis morts repassait en bande devant moi ; je pensais aux souffrances que j'avais endurées avant d'atteindre cette résidence horrible, à mes amis qui étaient peut-être dans les cachots de nos ravisseurs. Le sentiment de rejoindre mes amis morts, était devenu obsédant. J'avisais de partir par tous les moyens pour ne pas servir de déjeuner au monstre, le lendemain. Sans grande précaution, je me jetais à l'eau, je nageais comme je pouvais, les vagues par couches me cognaient violemment. Après vingt minutes approximativement de nage, j'étais complètement épuisé et j'avançais au gré du courant d'eau. Je me suis évanoui.

J'ai ouvert les yeux plus tard la nuit dans une maison ; c'était chez mon sauveur. Il m'a dit qu'il pêchait assis dans sa pirogue lorsqu'il a vu mon corps ballotté par les vagues. Grâce à Dieu, j'étais en vie. »

Mais la situation du pays empirait chaque jour. Les jeunes criaient de partout, le manque d'emploi. Les femmes pleurnichaient suite à l'inflation du prix des denrées de première nécessité, surtout du riz qu'elles appelaient en se moquant du prix : « Soué kha balé » (manger du cheval blanc). Ceux qui mangeaient d'habitude deux fois par jour, ne mangeaient plus qu'une seule fois. Ceux qui mangeaient trois fois mangeaient à présent deux fois par jour. Les jeunes oublièrent le problème du manque d'eau et d'électricité qui animait souvent leurs débats politiques. La faim sévissait dans la city : elle avait rompu les liens familiaux, tari les rivières et rétrécit le lit des fleuves. La terre cultivable était devenue infertile, car ce qu'elle produisait ne suffisait plus. L'éleveur mourait de faim ; sa volaille caquetait, ses bœufs beuglaient, ses chèvres et ses béliers bêlaient, à cause de la pénurie alimentaire.

Seules les mauvaises herbes trouvaient de quoi vivre, puisant du sol les éléments nutritifs par la grâce de Dieu.

Cependant, l'attention de la communauté internationale était tournée vers la guerre du Liberia, de la Sierra Leone, de la République populaire du Congo et de la Côte d'Ivoire. Mais ce que la Guinée vivait était aussi ardu que ces conflits.

Les uns pensaient que c'était une sanction divine, les autres, la résultante de l'enfermement du pays sur lui-même.

Bonté divine ! Heureusement, le bouton de l'allumette qui pourrait enflammer ce pays était mouillé par les larmes de ses premiers fils ; sa tige, imprégnée du sang de ses martyrs. Comment pouvait-elle alors s'enflammer ?

Dans les taxis et dans les cars, on criait au changement, d'autres souhaitent ouvertement la mort du président valétudinaire. La pauvreté balaie l'amour et la fraternité dans les relations ; le motard devient l'ennemi du chauffeur ; les conducteurs, les ennemis du piéton ; le riche, l'assassin du pauvre ; le vendeur, le pourfendeur impitoyable de l'acheteur ; les imams, des griots : pour avoir de l'argent, ils devaient faire l'éloge des riches même si ces derniers étaient des vendeurs de têtes d'homme au Liberia ou au Nigéria. La haine grandissait chaque jour parmi les citoyens. Personne ne souhaitait le bonheur de l'autre. Les pièces de monnaie, ayant perdu leur valeur ne servaient qu'à gratter les cartes de recharge téléphoniques ou utilisées comme jouets de tombola des jeunes au rond-point, dans les coins du marché, sur les trottoirs. Des vols à main armée, la misère, la prostitution, l'escroquerie, la corruption prenaient de l'ampleur chaque jour.

Heureusement que Bern avait remarqué quelque chose : toute famille qui mange à sa faim, ou est en train de construire des maisons, a l'une des trois possibilités :

Soit un membre au moins de la famille est un gros commerçant ;

Soit un grand détourneur de l'Etat, non poursuivi par la justice ;

Soit cette famille a un élément à l'étranger qui envoie de l'argent.

Mais, quant à lui, il ne pouvait être ni gros commerçant parce qu'il n'avait pas de capital, ni voleur de l'Etat parce que le chômage dominait au-dessus de la cité. Toutefois, il pouvait se débrouiller pour aller à l'extérieur.

La route était si longue que la maigre somme dont il disposait fondait à vue d'œil. La faim devint son intime compagnon ; il n'était pas sorti de l'auberge.

CHAPITRE VII

Une rencontre inoubliable

Un jour, il arriva dans une ville. C'était un vendredi, jour de la grande prière hebdomadaire musulmane. Il y entra au petit matin, pendant que quelques pieux s'étaient levés et étaient sur le point de faire leurs ablutions. Il demanda l'hospitalité chez El hadj Touré qui le reçut à bras ouverts. Celui-ci était très réputé pour sa fraternité et son attachement à la religion. Il ordonna à sa femme d'envoyer rapidement de l'eau chaude à la toilette, pour l'étranger. Après s'être lavé, Bern fut logé dans l'une des deux chambres qui abritaient les enfants d'ELHJ. On lui apporta un plat de riz délicieux et on le laissa se reposer.

Au retour de la mosquée, ELHJ Touré retrouva son étranger endormi. Au réveil de celui-ci, ils s'entretinrent :

« …Je m'appelle Bernard Tounkara. Je viens de la Guinée- Conakry.

— Êtes-vous malinké ? s'enquit-il.

— Pas tout à fait. Mon père était un kissien du nom de Gilbert Tenguiano. Agronome, il a servi longtemps à côté de la population malinké de la Haute-Guinée qui l'appelait monsieur Tounkara. Selon les malinkés, Tenguiano est l'équivalent de Tounkara. Comme mon père, je suis chrétien.

Or, ma pauvre maman était musulmane, mais je l'ai perdue quand j'avais seulement trois ans.

— Que son âme repose en paix !

— Amen ! Ainsi, je suis devenu chrétien naturellement. Mais un jour, j'ai fait un rêve. Dans ce rêve, ma mère m'incitait à me convertir à l'islam. Elle me dit « Bernard, mon fils, me voici au paradis, si tu veux avoir la vie éternelle, vie loin de tous les malheurs des mécréants et de la nature, converti-toi … ». Depuis lors, j'ai décidé de me convertir, mais je me suis dit qu'il fallait nécessairement quitter le pays, loin des regards jaloux des parents qui restent sourds aux messages du prophète Mohamed. Je pourrai mieux accomplir mon devoir envers le Tout-puissant, le Créateur du ciel et de la terre, le Maître du jour et de la nuit.

— Al ahou- Akbar !répèta ELHDJ, tout à fait conquis. Gloire à Dieu ! »

Il rasa la tête de Bern et décida de le présenter à la mosquée lors de la grande prière.

Après la prière, l'Imam prit la parole. Il glorifia d'abord l'unicité d'Allah puis fit un récit succinct de l'aventure dramatique de l'étranger. Enfin il proféra, plusieurs fois, suivi par l'étranger, la profession de la foi musulmane, le premier pilier de l'Islam : « La-I-Lahad-Ila-La Hou-Mouhammadan-Rassoulou-Lahi ! ». Aussitôt s'abattit sur les deux orateurs, une pluie de pièces de monnaie et de billets fripés.

Ils rentrèrent à la maison. La nuit après le dîner, ELHDJ le présenta à quelques voisins puis ils dormirent. Le lendemain, ils partirent à la prière de l'aube, revinrent ensemble à la maison où ils déjeunèrent avant de se séparer : ELHDJ avait l'habitude de se rendre tôt au marché, il était commerçant. Le nouveau musulman, quant à lui, s'introduisit aussitôt dans la chambre de son hôte.

Quand le soleil eut ouvert les yeux, Bern sortit et dit à la femme d'ELHDJ qu'il allait pour une promenade à travers la ville afin de connaître les lieux. Celle-ci lui conseilla de choisir un guide parmi ses nombreux enfants. Il le fit à contrecœur. Dans la ville, il vadrouilla avec l'enfant, il regarda partout, demanda tout…

Arrivé devant un restaurant près de la gare routière, il dit à l'enfant de l'attendre. Il rentra dans l'établissement, fit semblant d'acheter quelque chose en demandant le prix des repas. Il ressortit et dit à l'enfant qu'il avait vu l'un de ses amis de longue date et lui demanda de rentrer à la maison où il promit de le rejoindre le soir.

A présent, Bern avait suffisamment ce qu'il fallait pour atteindre sa destination.

Le soir, à son retour, ELHDJ trouva toute sa famille inquiète du retard de l'étranger. Il demanda, à sa femme, la situation du converti quand il aperçut le regard grimaçant de celle-là. Elle expliqua comment Mohamed, le néophyte, était parti le matin avec son fils sous le prétexte de connaître davantage la ville et comment son fils était revenu à la maison. Après ces propos, une accalmie singulière envahit le salon comme pour laisser la matière grise travailler. Elle fut perturbée par l'intervention de l'un de ses fils qui affirma avoir vu quelqu'un ressemblant à Mohamed dans la cabine d'une camionnette à la sortie de la ville. Pourtant, pendant le départ pour la ville de celui-ci, le petit était absent. Quand sa mère l'interrogea sur la forme et les couleurs de la chemise de Mohamed, la réponse fut indubitable. ELHDJ comprit alors que la conversion de son étranger n'était qu'un leurre.

Soudain, il répugna le converti captieux et se mit à proférer toutes sortes de malédictions lui venant à l'esprit. Mohamed lui avait dérobé une forte somme en s'introduisant le matin, dans sa chambre.

Le fugitif arriva dans une autre ville de la Côte-d'Ivoire où il s'attela à des activités pénibles, mais lucratives. Ce qu'il gagnait par jour était petit, mais quand on lui disait l'équivalent en franc guinéen, il était encouragé. Il fit deux ans dans cette ville.

Plusieurs années après le mariage de José, son mari l'aimait toujours, il avait oublié tout le monde : son père, sa mère et ses frères, ... tout ce qu'il gagnait était destiné à sa femme et à ses beaux-parents. Il avait oublié comment ses parents avaient souffert pour qu'il vienne ici. Sa femme se nommait à présent "batè" et lui "chéri". C'était comme ça qu'ils s'appelaient. Les batès sont des femmes qui sont seules dans le foyer de leur mari. Au cas où elles auraient des coépouses, ce sont elles qui mènent le foyer.

Le savoir-faire pour maintenir l'homme sous son emprise n'était pas acquis ordinairement par ces femmes ; attacher l'homme dans le nœud de son pagne et se promener partout était un projet délicat dont les conséquences étaient dangereuses et durables.

— Une nuit, subjugué, il dit à José : « je veux montrer à tes parents que je suis avec leur fille dans le bonheur, dans le respect et surtout dans l'amour que tu ne cesses de me témoigner. Pour cela, je leur dois un cadeau, un cadeau symbolique.

— A quel genre de cadeau fais-tu allusion ?

— Emmener ton cousin Amadou ici par exemple ou construire une villa pour ton père ...

— Mon cousin, Amadou, je l'aime beaucoup ; malheureusement il n'a pas étudié. Qu'est ce qu'il viendra faire ici, en France, dans ce monde civilisé et évolué ? je pense qu'il vaut mieux emmener la fille de ma grande sœur.

— Quelle grande sœur ?

— Ma feue grande sœur. Je ne t'ai jamais parlé d'elle ?

— Jamais ! je ne me le rappelle pas de toute façon. »

Effectivement, elle avait une grande sœur, la fille de la grande sœur de sa mère. Mais elle est décédée trois ans après son mariage sans avoir fait d'enfant.

« Pourtant sa photo est accrochée dans notre salon, je pense que tu l'as vue, une fois.

— Ha ! Oui, je l'ai vue fixée près de la porte de ton père ! s'exclama Barfadé.

— Alors c'est elle ! elle était la bien-aimée de mon père, elle venait faire ses vacances chez nous. Après son mariage, elle a donné naissance à une seule fille. L'accouchement fut si dur qu'il fallut une césarienne. Hélas ! elle y succomba. Ce qui était émouvant dans cette perte...

— Quoi ? interrogea Barfadé impatient.

— C'est que sa dernière phrase fut : « Veille sur ma fille, je te la confie », dit José en versant des larmes de crocodile.

Cela toucha profondément son mari qui la soulagea en la serrant dans ses bras. « Ne pleure pas, ne pleure pas, chérie mon amour. Je la rendrai heureuse s'il plaît à Dieu ». Elle circonvenait afin d'emmener sa fille étudier en France.

Son mari était complètement envoûté. Chaque année, au moins, il vidait une bouteille remplie de "Gnamidjodö" expédiée par sa belle mère sous prétexte de le protéger des sortilèges, des mauvais esprits des gens, surtout ses demi-frères, sa marâtre et ses tantes. Des gens qui ne voulaient pas le voir progresser, qui voulaient le voir revenir à pied, de Paris à Conakry.

Barfadé avait changé de numéro voulant contrarier les appels sempiternels de son père et de son ami Soul, chez à qui son père s'était plaint. Ils avaient conçu, l'idée de revendre sa belle voiture de séjour en Afrique dans laquelle, personne d'autre ne roulait. Mais les portières étaient condamnées, verrouillées par une commande accrochée au porte-clés de son propriétaire.

Quel fou pouvait acheter une voiture immobile, seulement pour l'admirer dans le garage ?

Barfadé prépara tous les papiers légaux pour le transfert de Jolie en France. Elle venait d'obtenir son BEPC et maintenant il voulait qu'elle continue son cursus scolaire à Lyon, une autre ville de la France.

Là, avec cette beauté héritée de sa mère, elle séduirait un vieil industriel suisse. C'était un Africain d'origine, mais naturalisé Suisse. Il avait beaucoup d'industries. L'une de ses industries était implantée en Afrique, précisément dans la ville où était installé Bern.

Jolie n'aimait pas le vieux parce qu'il était trop âgé, plus proche de la mort que de la vie. Il était trop occupé ; il voyageait par vol au moins une fois par semaine, alors qu'une jeune fille souhaite avoir un mari toujours à côté d'elle. Conscient de cela, le Suisse lui proposa la clé de son industrie de fabrication d'objets en plastique contre la bague de fiançailles. Elle appela sa mère et lui expliqua le dilemm dans lequel, elle se trouvait. Matérialiste, celle-ci ne tarda pas à exhorter sa fille à accepter la candidature de l'industriel.

Deux mois après les fiançailles, le Suisse rendit le dernier soupir et Jolie devint industrielle.

Le complexe industriel hérité employait près de cinq cents personnes de nationalités différentes ; des Sénégalais, des Maliens, des Ghanéens et des Guinéens. Ces employés étaient généralement de jeunes célibataires, parfois des mariés. Certains étaient des expatriés qui avaient fui leurs pays pour des raisons multiples : la pauvreté, la méchanceté des parents, les guerres civiles, la dictature des chefs, le désir d'aller à l'aventure, …

José venait pour s'assurer du fonctionnement normal de son industrie à la fin de chaque trimestre ou lors des vacances.

C'est pendant l'un de ces séjours que son voyage coïncida au recrutement. Elle avait confié au directeur général de son entreprise de favoriser les ressortissants guinéens lors du recrutement. Ce jour-là pour rassurer la propriétaire de l'application de ses instructions, Bern fut le premier à être recruté par le DG. Les deux parents, le père et sa fille, se regardèrent sans que l'un ne reconnût l'autre. Bern ne connaissait pas sa fille parce qu'il l'avait jamais vue. Exaspéré par le mariage forcé de sa petite amie, Bern n'avait jamais remis pied dans cette famille. Par conséquent il n'avait pas vu son enfant, il avait seulement entendu son surnom de Jolie. Comme ni l'un ni l'autre n'avaient reconnu la paternité de l'enfant, on fut obligé de lui donner le nom de famille de sa mère qui l'aimait. Et les employés n'ignorant pas le nom de l'ancien prétendant, le Suisse, l'appelaient Madame James, James le nom du vieux Suisse.

Belle, maintenant grande, elle séduisit son père qui contemplait sa peau rendue douce et luisante par l'air doux de l'Europe.

Elle ne reconnut son père que par le récit que lui conta un jour sa mère quand elle avait insisté pour le connaître.

« Ton père vit bien, c'est un Guinéen comme toi. Mais ta naissance est une histoire un peu honteuse. C'est pourquoi je n'aime pas te la raconter. Ton père a refusé de te reconnaître comme sa fille tout simplement parce que mon père m'avait donnée en mariage forcé à son ami, alors que j'étais enceinte de toi.

— Où est-il mon père ?

— Il était en Guinée, mais tout dernièrement on m'a dit qu'il est parti à l'aventure.

— Où, maman ?

— Je ne sais pas. Je ne vais pas chercher à connaître cela pour ne pas perdre Barfadé, ... ».

Plasturgiste, Bern travailla avec rigueur et efficience pendant un an. Il attira ainsi la confiance du DG qui lui confia successivement des responsabilités. Il le logea dans une villa dont la location était entièrement prise en charge et lui offrit une voiture pour faciliter ses déplacements. Il y avait trois ans que Bern n'envoyait rien à sa famille. Depuis qu'il avait appelé sa femme pour dire qu'il vivait sain et sauf dans son pays d'accueil, on avait perdu tout contact avec lui. A présent il envoie de l'argent chaque fin de mois à ses parents, mais ne voulut pas se limiter là où il était arrivé. Il voulut continuer son aventure, en allant plus loin. Son désir ardent était de gagner l'Europe par tous les moyens pour y travailler sauvagement afin de devenir riche comme son ami Kerala.

Kerfala fut l'un de ses amis d'enfance. Il abandonna l'Ecole très tôt parce qu'il voulait avoir de l'argent à bas âge afin d'aider sa famille misérable. Or sur les bancs de l'école, il fallait attendre au moins treize ans pour être apte à travailler dans un bureau et passer trois à cinq autres années après les études supérieures pour gagner un boulot. En plus, il était démoralisé en voyant ses frères aînés diplômés, réduits au chômage. Pour prendre en charge une partie la dépense familiale, il se rendait au marché Madina, sur les rues d'Avaria et à Bordeaux. Il y revendait des chemises ou des chaussures qu'il avait achetées chez un grossiste. Ainsi, chaque soir, il parvenait à rentrer avec une somme variant entre quinze et vingt mille francs guinéens.

Insidieux, le jeune garçon était parti à l'insu de tout le monde. D'abord il était parti en Côte d'Ivoire où il s'accrocha solidement aux bras d'une charrette. Quand il eut un peu d'argent, il fit le commerce. Puis, il mit le cap sur le Mali. Du Mali, il marcha pieds nus, dans le désert, jusqu'à Alger, la capitale de l'Algérie. Il raconta son aventure à son ami : « … dans le désert, on s'agglutinait avant de bouger parce que d'une part beaucoup parmi nous ne connaissaient pas le chemin et d'autre part on pouvait rencontrer des brigands. S'ils nous voyaient nombreux, ils avaient peur de s'approcher de nous parce qu'on formait une chaîne d'immigrants comportant des centaines de clandestins. On marchait à perdre haleine ; on n'avait pas le temps de manger ni de se reposer. Avec nos pieds nus, on craignait fort les serpents se déplaçant sous le sable.

— Pourquoi marcher pieds nus ? s'était inquiété Bern.

— Mon ami, si tu portes des chaussures, les autres te laisseront derrière, car elles pèseront lourd dans le sable. Mais je te conseille de ne pas partir comme ça ; c'est pénible. L'aventure est indicible !

— Comment as-tu atteint l'Espagne ?

— Bon, arrivé à Alger, tu sais que c'est une capitale crédible, j'y ai fait mes papiers comme j'avais un peu d'argent. Enfin j'ai pris le vol pour Barcelone ».

Malgré les conseils de Kerala, Bern conserva toujours l'espoir de rentrer un jour dans un pays européen. « Naître, grandir et mourir ici c'est passer toute sa vie en enfer ! » disait-il. Il était maintenant le comptable de l'entreprise. Un jour dans le désir de réaliser son rêve, il détourna plusieurs millions de francs CFA en complicité avec un ancien employé du nom de Diallo. L'homme était rusé, avare et un peu plus âgé que Bern. Il connaissait quasiment tous les secrets de l'usine. Dès qu'il reçut le butin de la main du comptable, il disparut la nuit même sans attendre le lever du jour. Au réveil, Bern ne le trouva pas ; il dut fuir et rechercher le sournois. Avant de sortir du pays, il fut arrêté à la frontière et reconduit à l'intérieur du pays pour être incarcéré dans un commissariat de police.

Dans ce pays comme dans la plupart des pays du monde, les prisonniers étrangers s'exposaient à des traitements indignes et inhumains.

Le premier jour, dans la prison fut très difficile ; jusqu'à cet âge, il n'avait pas connu la prison. Il eut la sensation de perdre le monde et il s'évanouit. Il criait, se lamentait et geignait. Ses pieds tremblaient d'effroi. Il fut fouaillé, piétiné et écroué. Dans la cellule, il y avait un roi.

« Hé ! Imbécile, petit Guinée tais-toi ! cria le roi, tu penses que t'es où ? Dans le berceau de ta maman ou de ton papa.

— Ha ! Ha !! ricanèrent les autres prisonniers en chœur. »

Dans la prison, régnait le plus audacieux ou le plus fort. Pour y vivre en paix, il fallait lui obéir.

« Quel autre être impitoyable me dicte ses ordres ? » pensait-il.

— Petit, t'envoyé quoi ? i faut approcher ici … ».

Effrayé, Bern n'opposa aucune résistance, il se laissa fouiller par le chef.

En séjour dans la cellule, il attendit l'arrivée de la propriétaire de l'entreprise, sa fille. Après une semaine de détention, de torture et de diète noire, il fut soumis à un dernier interrogatoire, cette fois-ci avec sa fille. Elle devait décider du sort de son père qui n'avait aucune possibilité de rembourser l'argent volé. S'il fallait le retenir dans son activité sous haute surveillance et virer son salaire pour le compte de sa fille, il aurait oublié sa famille et ses amis pendant dix ans encore. Quant au compère malin, il était parti pour tout bon.

« Madame, excusez-moi, je vous en prie, supplia Bern en se prosternant devant sa fille et en attrapant ses pieds, ignorant qui elle était. A cause de ton père et de ta mère.

— Non ! laisse-moi, gronda sa fille, tu n'as pas honte ? Malgré tous ces honneurs et faveurs que nous t'avons accordés, tu m'as fait honte. C'est parce que tu es Guinéen, sinon j'allais te foutre dedans, tu allais pourrir ici. D'ailleurs quel est ton nom ? Dis-le-moi ! Je n'ai pas ton temps.

— C'est Bernard ; Bernard Tounkara est mon vrai nom.

La jeune femme sursauta.

« Tu dis quoi ? Tu viens de quelle ville de la Guinée ?

— Je viens de Conakry, j'ai grandi là-bas, pardon ayez pitié de moi, de mes enfants, de ma femme,… Je vais mourir après eux. Eh mon Dieu ! »

Eberluée par ce qu'elle venait d'entendre, Jolie s'écroula, comme frappée par une force occulte et elle ne parvint pas à se relever.

Bern cria immédiatement au secours. Les policiers inconscients vinrent le soulever violemment en lui donnant des coups de pieds et de matraques.

« Qu'ai-je fait ? Ce n'est pas moi ! Je l'ai vue tomber seule … ».Il se mit alors à expliquer ce qui s'était passé

Le chef de poste, naturellement, le jeta dans la cellule. Il fallait se préoccuper d'abord de la patronne ; sa survie étant plus importante pour la police que la mort du voleur.

La jeune femme fut urgemment évacuée dans le plus grand centre hospitalier de la région. Ce centre, très moderne, avait été érigé par le fait d'une coopération bilatérale pour les défenseurs de la nation c'est-à-dire les militaires, car ce pays, comme la Guinée, avait connu beaucoup d'instabilité politique. Cette région était un lieu stratégique pour contrôler toute éventuelle avancée de rébellion. L'hôpital ne devait normalement recevoir que les hommes armés de l'Etat. Mais il recevait aussi des civils avec distinction. Les petits vendeurs du marché, les élèves, les enseignants, les cultivateurs, les cordonniers, les tabliers, les menuisiers etc., y étaient inadmissibles, sauf s'ils étaient autorisés par les hommes riches du pays comme les grands opérateurs économiques, les expatriés fortunés et les hautes autorités, les privilégiés du régime.

Le plus grand et le plus connu des médecins de ce centre se nommait Hérodote. Ce jour-là, il reçut d'abord un enfant qui souffrait de paludisme. La maladie avait atteint la troisième étape de son évolution, donc l'état du patient était critique.

Docteur Hérodote était en train de l'examiner, lorsqu'on frappa à la porte. C'était le directeur de l'hôpital, le DH.

— Abandonner tout et suivez-moi rapidement, nous venons de recevoir madame la propriétaire de notre usine de plastique. Elle est dans le coma.

— J'y vais tout de suite ! répondit Hérodote, feignant de laisser son malade.

— Ho-là ! Viens donc ; il s'agit d'un cas urgent ! cria vivement le DH.

Il abandonna ainsi son premier malade pour aller s'occuper de la riche patiente.

Quelques minutes plus tard, l'enfant succomba, seul dans son lit. Sa voisine de l'autre lit qui avait vu un autre malade mourir de la même façon, gémit :

— Au secours Docteur ! Au secours ! Ces cris attirèrent l'attention de la mère, assise dans un long fauteuil au milieu des femmes et hommes attendant leurs malades. Elle sursauta sachant exactement que ces gémissements étaient émis à propos de son fils.

« Ho, mon Dieu ! Hé Allah ! Mon enfant ! Que lui est-il arrivé ? » Elle s'infiltra dans le couloir principal et alla voir la chambre où elle avait laissé son enfant. Elle le retrouva allongé comme s'il dormait paisiblement.

— Papa ! Papa ! cria-t-elle durement en secouant son enfant mort.

— Docteur ! Docteur ! Où est parti Docteur ?

— Il est sorti maman, depuis longtemps, dit la fille malade.

— Hé Docteur ! vous avez tué mon enfant ! La richesse va mettre fin à l'humanité. Pourtant, il a été le premier à être là aujourd'hui. Vous l'avez abandonné puisque je n'ai pas apporté de l'argent. Mansaba vous paiera !

Quelques heures après, Madame James sortit indemne des locaux de l'hôpital. Elle rentra à la maison en compagnie de quelques militaires et du DH en personne. Elle appela le commissaire pour demander la libération immédiate de Bern et de le conduire chez elle.

Sur la route, Bern pensait que sa peine s'était alourdie à cause de la mort de Jolie et qu'il devait être transféré vers un lieu de détention plus sévère.

A sa grande surprise, il se retrouva devant une vaste cour.

Le portail gigantesque d'une sculpture métallique moderne d'Afrique disparut doucement en glissant du côté gauche vers le côté droit de l'ouverture lorsque le véhicule sonna.

Dans la cour au fond, s'élevait une magnifique maison blanche à deux étages. Une allée au carrelage tricolore conduisait à celle-là. Deux immenses jardins de gazon parsemés de petites et de grandes fleurs longeaient cette allée. Cette merveilleuse verdure extraordinaire lui procura un sentiment d'assurance. Car aucune prison des Etats de l'Afrique de Ouest ne pouvait garantir un tel environnement à un détenu.

A l'intérieur, il remarqua d'abord un vaste salon fleuri et divisé en deux parties : la première s'étendait de la porte vitrée au centre. Elle comportait un ensemble de fauteuils qui formait une ronde autour d'une table transparente.

Sur le mur, un écran géant faisait face au fauteuil principal. La salle à manger constituait la deuxième partie. Elle était plus restreinte et moins équipée. Ses fauteuils étaient tous identiques et roulants, arrangés le long d'une table de conférence ; on y voyait aussi un congélateur surmonté d'une cafetière. Les deux compartiments étaient séparés par deux rideaux légèrement épinglés par le bas.

L'ensemble était garni en haut par des pendules, de belles photos agrandies de madame et de monsieur James, des lampes électriques d'apparence indescriptible. Une sorte de pelouse aux poils doux sous les pieds nus de l'étranger tapissait le salon. De jolies plantes artificielles que Bern croyait être de vraies plantes hors-sol se dressaient dans chaque coin.

Il s'assit dans l'un de ces fauteuils avec la troupe armée qui l'avait convoyé. Une femme au regard inquiet descendit les escaliers qui conduisaient dans la chambre de la maîtresse, vers le haut.

Elle salua et ordonna à Bern d'aller se laver dans les toilettes.

Une douche plus luxueuse que tout ce que Bern n'avait jamais vu. Il songeait en voir pareil pendant son futur séjour dans son pays de rêve. Quand il ouvrit la porte, son regard tomba sur un monde fantastique : tout ce qu'il voyait était blanc, clair et flamboyant surtout fascinant. S'il avait été paysan, ce jour-là, il aurait laissé à la porte ses chaussures.

L'intérieur était complètement carrelé. A quelques mètres de la porte, un lavabo qui se remplissait d'eau fraîche pour les bains frais ou chaude pour les bains chauds, au gré de l'usager. C'est dans cette magnifique vasque que la maîtresse des céans passait beaucoup de temps, les soirs. A droite, un autre instrument de lavage ressemblant à une louche perçait le mur et verticalement, vers le bas, un réseau de tuyaux évacuait les eaux usées.

Deux plaquettes en plastique de forme rectangulaire étaient accrochées dans un coin du mur. Sur ces plaquettes, étaient arrangés la pâte dentifrice, la brosse à dents, le savon, le shampooing et la trousse de maquillage.

Stupéfait, Bern jeta son regard dans le miroir, s'y fixèrent les yeux lui et son image. Il pouffa en mettant la main sur la bouche.

Après son bain, il fut servi à table. Une table garnie de toute sorte de mets :

« Par quoi dois-je commencer ? » se demanda-t-il. Cependant, la maîtresse de céans vint s'entretenir au salon avec des visiteurs qui avaient appris son drame et qui venaient partager sa commisération.

Quand Bern finit de se régaler avec la bienveillance de la servante, il prit place parmi cette troupe étrange qui l'attendait. La dame prit la parole :

« À votre intention, mesdames, messieurs, chers collègues, dit-elle, passant le regard sur la foule. Aujourd'hui est un grand jour pour moi, je suis très contente. Aujourd'hui, Dieu m'a fait une grande surprise, l'une de mes plus grandes joies au monde. C'est pourquoi chers amis on dit souvent que Dieu ne fait rien pour rien. L'homme que vous voyez assis-là est mon vrai père. J'ai quitté mon pays, la Guinée, il y a très longtemps et la volonté d'y retourner était toujours annihilée par le sentiment d'être orpheline parce que je ne connaissais pas mon père... », Termina-t-elle en fondant en larmes. Elle se dirigea vers son père et se jeta dans ses bras.

Depuis ce jour, elle lui laissa la gestion de son entreprise et repartit à Lyon.

En France, elle continua ses études supérieures loin des ses parents.

Son père emmena sa femme et ses deux enfants auprès de lui. C'était vraiment leur année faste, mais aussi leur fatum. Jolie venait y passer ses vacances et, curieusement, n'allait guère chez sa mère. Car depuis qu'elle a vu son propre père, elle avait commencé à s'opposer à la conjugalité de sa mère avec son conjoint.

CHAPITRE VIII

L'arbre qui pousse d'un vieux puits
tombe dans ce même puits

Safi, la sœur cadette de José était maintenant grande, mais vivait encore dans le célibat. Ses parents voulaient qu'elle aille auprès de sa grande sœur en France. Ils rêvaient qu'elle y trouverait probablement un bon mari, un mari aisé et fortuné comme Barfadé. Beaucoup de candidats, vivant près d'elle, avaient vainement demandé sa main.

Pendant ce temps, Jolie et son père étaient en train de prier pour le retour de José dans son foyer conjugal.

Un jour, Safi aidait sa sœur dans la cuisine. Celle-ci avait, ce jour-là, un rendez-vous important qu'elle ne pouvait pas différer.

— Ma sœur Safi, je dois me rendre au siège de notre association, nous les ressortissants de la Guinée … bientôt il sera l'heure. Le riz est fini, fais la sauce, mais qu'elle soit onctueuse et succulente, ajouta-t-elle.

— Djadja, tu sais que mes mains sont géniales, n'est-ce pas ?

— Absolument, mais à la fin de la préparation, ajoute une petite quantité de ce liquide dans la sauce de mon mari ; c'est son médicament. Remue-le longuement afin de l'homogénéiser. ». Aussitôt, elle s'habilla et partit.

Ce liquide comme bien d'autres avait été envoyé par leur maman pour envoûter son mari. Contrairement aux autres produits, le marabout avait insisté sur le seul totem du médicament : c'est seulement elle qui devait le mélanger à la sauce.

Mais la vieille était trop âgée pour retenir longtemps une parole. Elle omit de dire à sa fille l'exigence de morikè, le marabout.

Ainsi Safi fit le plat de son beau-frère comme l'en avait instruit sa sœur. Le soir, Barfadé rentra du travail. Informé de l'absence de José, il fut servi par Safi.

« Quel fumet ! »dit-il quand il ouvrit le bol contenant la sauce. Il savait aussi que Safi avait les mains plus habiles que celles de sa grande sœur.

Il se régala ; la sauce était si savoureuse qu'il aurait pu avaler sa main,

Trois jours après, l'impact du produit s'exprimait manifestement : l'amour de Safi ne cessait de l'obséder.

Le premier jour, il emballa son cœur, le second jour, il annihila sa conscience et le troisième jour, il assombrit sa vue. Bien que cette fille fut aussi frôleuse que sa sœur, ceci ne suffisait pas pour qu'il lui fasse la cour. Mais la force mystérieuse dont il était victime était vraiment irrésistible au bout d'une semaine. Il vint, un jour à la maison, un peu plus tôt que d'habitude en disant qu'il était malade. En vérité, c'était pour passer un temps à côté de Safi en l'absence de sa femme. Elle était au salon de coiffure que son époux lui avait construit. La coiffure, elle la connaissait bien et l'avait apprise à Conakry quand elle avait abandonné l'école. Pour ne pas rester à la maison et suivre les jeunes garçons, elle avait préféré se faire inscrire chez la maîtresse Rose.

Des fois, il lui disait de l'accompagner au restaurant touristique, au zénith, … Il lui donnait ce qu'elle ne demandait même pas. Ces sorties étaient suspectes, mais, José, un peu naïve, pensait que son mari pouvait bien emmener sa sœur, en ville, pour lui montrer les lieux merveilleux de Paris. Malheureusement, c'était le contraire.

A la maison, quand son épouse était absente, Barfadé suivait Safi partout : au salon, à la cuisine ; partout où elle mettait les pieds. Il tentait des baisers, des caresses forcées…

Plus il s'approchait d'elle, plus elle tombait amoureuse de lui.

Du jour au lendemain, sa résistance aux intentions de l'homme s'affaissait.

Pendant ce temps à Lyon, Jolie ne cessait de prier Dieu pour le retour imminent de sa mère au foyer de son père. Bern aussi, à l'église implorait le Seigneur.

Une nuit, pendant que sa femme s'était endormie, Barfadé se leva et alla nonchalamment dans la chambre de Safi. Elle aussi ne dormait pas, elle se retraçait mentalement la manière dont son beau-frère la provoquait pendant la journée. Seul avec elle, au lit, il devait la vaincre intellectuellement, car la force physique ne domine que dans le combat physique. Sa bouche était son revolver, les mots ses balles et son regard, ses jumelles.

« Safi, regarde-moi ; tu es très belle. D'ailleurs les mots me manquent pour te décrire. Si tu t'habilles et te pares, je te jure que je te vois comme une créature surnaturelle. Tu as toutes les qualités pour vivre heureuse avec un homme aussi riche que moi. Tu vois depuis que ta sœur m'a parlé de toi, j'ai tout fait pour que tu viennes ici. Et cela je suis sûr que je ne vais jamais le regretter. Je n'arrive pas à dormir sans toi, je ferai tout pour te satisfaire. Je t'adore franchement. Comme j'admire la lune pleine et les feux d'artifice, je ne cesse de t'admirer. Tu es le plaisir de mon âme, le chemin de mon bonheur.

— Que veux- tu que je fasse ?

— J'ai besoin d'une seule chose, de ton corps.

— Tu dis quoi ?

— Je dis ton cœur, je t'aime beaucoup et les mots ne peuvent exprimer tout ce que je ressens pour toi.

— Que dira ma sœur alors ?

— Ne t'inquiète pas, c'est ma femme, je la connais, je sais quoi faire ».

Sous l'influence de ses propos infaillibles, de ses arguments incontestables, il finit par la convaincre. Il arrêta un instant de la draguer et fixa ses yeux dans les siens. Si la bouche dit ce que ressent le cœur, les yeux reflètent les sensations de l'âme.

Elle avança doucement ses lèvres fraîches pour donner un baiser approbatif. C'était si doux qu'ils finirent par s'embarrasser. L'homme envoya ses mains derrière la fille et dénoua les cordes fines de sa chemise qu'il jeta aveuglément au loin…

Pendant ce temps, sa femme s'était réveillée, elle constata l'absence de son mari dans la chambre. Elle attendit quelques minutes, mais le sommeil pesait lourd sur ses paupières qui se refermèrent lentement.

Les prières étaient vraiment exaucées.

Quand elle se réveilla de nouveau, rien n'avait changé. Alors, elle comprit que quelque chose n'allait pas. Pourtant, elle avait passé près de trois semaines, en partageant le même lit que son mari sans que ce dernier ne frôle son corps.

Elle se leva, se dirigea vers la petite porte des toilettes et frappa sans faire de bruit.

— Chéri !!!

Elle ouvrit la porte en s'appuyant sur la poignée ; la salle de bain était vide.

— Où peut-il être à ce moment ? s'interrogea-t-elle.

Arrivée au salon, des bruits insolites lui parvinrent de la chambre de sa sœur ; le grincement du lit mêlé à une voix rauque et sourde. Ceci attira son attention, elle s'arrêta puis elle avança discrètement vers la chambre. La porte était rabattue, mais non verrouillée. Elle la poussa violemment et surprit un homme blotti entre les belles cuisses d'une fille qui gloussait par délice. L'homme était son mari et la fille, sa sœur.

— He ! He ! He ! je me suis tuée, cette fois-ci ! s'écria-t-elle tout effarée avant de s'affaler.

José était couverte de honte. Elle ne sut comment réagir face à la situation qui se présentait. On réagit face à une situation injuste qui enflamme le cœur, mais pas d'une situation qui calcine l'énergie donc efface la riposte. Elle resta longtemps bouche bée. Elle ne partait plus au travail et ne mangeait plus. Elle était immobilisée dans sa chambre où elle languissait ; ses larmes avaient mouillé et remouillé son mouchoir.

La vie n'est rien. Elle avait oublié toutes les souffrances qui avaient suivi son premier mariage : son nouveau mari lui avait donné tout ce dont une femme avait besoin pour être heureuse, à telle enseigne qu'il avait amené sa fille et sa sœur auprès d'elle, y compris le remboursement de la dette de son père qui libera celui-ci des menaces de Sadio. Toute personne, époux ou épouse, se disait-elle, a deux familles ; là où elle naît et là où elle vit avec son conjoint. Lorsque ça ne va pas dans l'une, on s'en va dans l'autre.

Cette nouvelle fut un scandale dans la famille de José. Un fait inimaginable venait de se produire.

La famille chercha à falsifier l'information qui venait de la France pour ne pas que la nouvelle se répande dans toute la ville. Mais à Conakry, les on-dit sont plus crédibles que les médias et plus prompts que la lumière. Le même jour, au marché pendant que Binta achetait des condiments, elle avisa deux femmes qui chuchotaient en l'indexant, elle leva la tête pour les identifier, les deux diffamatrices baissèrent le regard et firent semblant de demander le prix des étals devant lesquels elles s'étaient rencontrées. Elle hocha la tête et s'en alla sans pour autant achever son marché ; elle comprit que désormais, il serait inutile de prier son confident de ne rien dire à personne. Elle était prostrée par les rumeurs.

Quelques jours après, José quitta la France pour venir vivre à côté de ses parents.

Informée de cette situation, Jolie appela son père et lui demanda de rentrer au pays pour marier définitivement sa mère. Sans retarder, celui-ci vint faire le mariage.

Ce fut le troisième et le dernier mariage de José. Le couple partit s'installer en Côte d'Ivoire. Quelques mois plus tard, Bern se reconvertit à l'Islam pour former une famille dont chaque élément n'avait suivi que les sillons de son destin.

Quant à Jolie elle fut épousée par un Français. Elle aida Amadou resté à Conakry, à devenir un grand commerçant.

TABLE

À toi ma mère 7

CHAPITRE I
La naissance d'une idylle entre Bern et José 9

CHAPITRE II
La délinquance juvénile 19

CHAPITRE III
Un mariage forcé 31

CHAPITRE IV
L'aliénation culturelle 51

CHAPITRE V
Une promenade à travers Conakry 55

CHAPITRE VI
L'immigration de Bern 73

CHAPITRE VII
Une rencontre inoubliable 83

CHAPITRE VIII
L'arbre qui pousse d'un vieux puits tombe
dans ce même puits 99

Romans et nouvelles d'Afrique noire

aux éditions L'Harmattan

Dernières parutions

UNE APPARITION SURNATURELLE
André Léonard Tiagni
Ce roman est l'histoire mystérieuse de l'apparition du Démiurge dans un petit village d'Afrique centrale, ce qui jette un pavé dans la mare du quotidien des habitants. Chacun croit voir son destin basculer quand la plus haute autorité traditionnelle s'investit pour dénicher la vérité. Les villageois pourront-ils s'en sortir, au moment où chacun essaye de rester dans la course, à la poursuite de son destin ?
(Coll. Harmattan Cameroun, 11 euros, 70 p., novembre 2014)
EAN : 9782343045665 EAN PDF : 9782336360317

ATANDELE ! DEMAIN DANS TES MAINS
Roman
Willy Kangulumba Munzenza
Atandele est un universitaire qui rêve d'une carrière fructueuse et d'une progéniture digne de lui mais qui, à la place, va subir la précarité et l'humiliation. Il décide alors de se lever et entraîne dans son combat la jeunesse consciente. Ce roman renouvelle la remise en cause d'une Afrique résignée face à l'inacceptable et réveille la conscience des jeunes appelés à gérer la société de demain. Ainsi sonne l'hymne à Atandele : Nous sommes, nous sommes tous Atandele, qui engage chacun de nous.
(Coll. Encres Noires, 17,5 euros, 178 p., novembre 2014)
EAN : 9782343047331 EAN PDF : 9782336362601

AU DIRE DE MES AÏEUX
Une facette du passé des Fang du Gabon
Casimir Alain Ndhong Mba – Préface de Christophe Ozomo
Dans ce livre, l'auteur rapporte des faits racontés par ses aïeux sur le passé ancestral. Il nous fait partager quelques idées bien arrêtées que les anciens avaient sur la société, leurs rêves, leur manière d'interpréter les cris d'animaux, de considérer la femme, etc. Il porte un regard acerbe sur certains maux de la société, sous le couvert d'une tradition quelque peu dévoyée, à travers les déboires d'un nommé Asticot et la vie d'une grand-mère victime de son dévouement.
(Coll. Écrire l'Afrique, 14 euros, 136 p., décembre 2014)
EAN : 9782343042671 EAN PDF : 9782336362670

BIAGUI MANTA
Roman
Pascal Mancore
Ce roman est le récit de vie d'un jeune villageois, Biagui Manta, qui, à force de caractère et d'abnégation, parvient à mener brillamment ses études jusqu'à entrer

dans l'une des plus prestigieuses universités et à y évoluer avec les meilleures performances. À travers une intrigue bien pensée, l'auteur aborde les thèmes de la corruption, de la drogue, de la dégradation de l'environnement, de la politique politicienne, du dialogue islamo-chrétien, du terrorisme international.
(26 euros, 266 p., décembre 2014)
EAN : 9782343051161 EAN PDF : 9782336364155

CUSHING
Roman
Fatou Diop
Jeune mariée, Maty est atteinte d'une maladie rare. Elle est évacuée pour être soignée dans un service spécialisé d'un hôpital parisien. Digne et courageuse, elle est le portrait idéal de la femme sénégalaise avec sa peau d'ébène. Quelle est donc cette maladie si rare ? Parviendra-t-elle à en guérir ? Réussira-t-elle à retrouver le sourire ? Sera-t-elle en mesure de pouvoir un jour reprendre le cours de sa vie auprès de sa famille ?
(16,5 euros, 158 p., novembre 2014)
EAN : 9782296998926 EAN PDF : 9782336360904

ÉTONNANT !
Kokamwa ! Et autres nouvelles
Marie-Françoise Moulady-Ibovi
Un soir que je dansais dans une boîte de nuit, le postérieur bien emballé dans un jean-slim-taille-trop-basse, j'ai rencontré un politicien. Il m'a draguée avec son portefeuille lourd de CFA et «son gros français». Je me suis laissée séduire. Il a versé dans le tuyau de mon oreille tout un tas de baratins. Tu connais le baratin des politiciens, hein ? Nos rencontres avaient lieu dans les chambres VIP de l'hôtel Olympic Palace et de la résidence Marina : ce n'était que des corps-à-corps brûlants... sans préservatifs.
(Coll. Écrire l'Afrique, 14 euros, 144 p., novembre 2014)
EAN : 9782343044484 EAN PDF : 9782336360386

LES FUMÉES DE LA FOLIE
Roman
Boubacar Ndiaye
Ce roman est un plaidoyer, un témoignage à chaud sur le problème de la drogue. C'est un prétexte pour interpeller et appeler à la fois gouvernants et chefs de famille à une vigilance soutenue et à une grande sensibilisation au même titre que la répression pour éradiquer ce mal.
(12 euros, 104 p., décembre 2014)
EAN : 9782296998797 EAN PDF : 9782336362915

L'INCONNU SUR LA TOILE
Ou Rencontre avec Khaled M.
Mariette Blanche Ekoume
Préface de Linus Toussaint Mendjana
À tout juste 30 ans, Gabriela est une brillante avocate qui croyait avoir tout pour être heureuse. Même l'amour, qu'elle ne cherchait plus. Emportée par ses sentiments, elle est sourde aux mises en garde de son entourage sur cet amour, virtuel. Ainsi, c'est tout son univers qui bascule le jour où se dévoile la véritable

identité de ce mystérieux inconnu du Net. Gabriela réalise, avec horreur, qu'elle a chatté pendant près d'un an avec l'un des terroristes les plus recherchés au monde.
(Coll. Harmattan Cameroun, 15,5 euros, 154 p., décembre 2014)
EAN : 9782343043548 EAN PDF : 9782336364292

JUNGLE
Roman
Jean-Sebastien Zahm
Colin vit avec son père Gérard, expatrié, dans une petite ville de Guinée. Excessif, violent, destructeur, Gérard ne fait que des passages furtifs dans la maison familiale, abandonnant son fils à Fatou, sa jeune compagne, avec qui ce dernier tisse des liens de plus en plus troubles. Colin devine que de sombres secrets rongent son père. Construit comme une enquête familiale, ce roman initiatique fait basculer, par petites touches cruelles, la vie de son héros de quinze ans.
(Coll. Écrire l'Afrique, 22 euros, 268 p., novembre 2014)
EAN : 9782343037301 EAN PDF : 9782336359724

LE MIRACULÉ DES BORDS DU FLEUVE MANO : SOUGA
Mamady Koulibaly
Le miraculé des bords du fleuve Mano : Souga est le récit romancé des tribulations d'un rescapé de la guerre du Libéria. Le personnage principal, marqué par la douleur du reniement, a passé près de deux décennies à errer sans cesse entre la Guinée, la Sierra Leone, le Libéria. Il apporte son témoignage sur des faits marquants : la révolution guinéenne, les troubles qui ont secoué le Libéria depuis l'assassinat de William Tolbert jusqu'à l'éviction de Samuel Doe.
(Coll. Harmattan Guinée, 12 euros, 102 p., décembre 2014)
EAN : 9782343051857 EAN PDF : 9782336364261

MON CONTINENT À FRIC
Un essai à deux voix sur l'attractivité du continent africain et de sa jeunesse
Darouiche Cham, Jean Eyoum
La première approche proposée dans cet ouvrage consiste à suivre l'évolution d'Ibrahima, un jeune Sénégalais de 14 ans passionné par le football et dont les rêves de gloire vont être confrontés aux réalités socioéconomiques de son pays natal ainsi qu'aux failles du système football mondialisé. Dans une seconde approche, Ibrahima devient la personnification d'un continent - l'Afrique - ayant souvent servi de pompe à fric aux détrousseurs postcoloniaux et devenu une zone de «libre racket».
(Coll. Écrire l'Afrique, 13 euros, 120 p., novembre 2014)
EAN : 9782343046723 EAN PDF : 9782336360355

LA PLACE MARIALE
Roman
Jean Cliff Davy Oko-Elenga
Pot pourri est embarqué lors de la rafle de la place Mariale car, détenteur d'un kiosque et féru de lecture, il est un informateur potentiel. Il est innocent et n'a pas sa langue dans sa poche, alors, il compte bien faire éclore le boulet qu'il trimballe depuis quarante ans sous l'emprise de frustrations mal sublimées. Une association humanitaire lui offre un cahier, palliatif à la liberté, à travers lequel il imagine enfin un scénario où il distribue les rôles avec la seule idée de se faire justice.
(Coll. Harmattan Congo, 18 euros, 182 p., novembre 2014)
EAN : 9782343027326 EAN PDF : 9782336359762

LA RÉPUBLIQUE DES SANS-SOUCI
Jean-Célestin Edjangue
Mukala était devenu président de la «République des sans-souci», en Afrique, par la seule volonté de l'ancienne puissance coloniale. Cette dernière devait l'assurer de son maintien au pouvoir à vie. Dans ce jeu politique où la mère patrie puisait dans les ressources économiques de la jeune République depuis son indépendance en 1960, c'est l'immense majorité du peuple qui trinquait. Jusqu'au jour où la jeunesse de la République des sans-souci décide d'en finir avec un régime qui appauvrit le peuple tout en se remplissant les poches...
(Coll. Écrire l'Afrique, 14 euros, 122 p., décembre 2014)
EAN : 9782343033884 EAN PDF : 9782336363622

SIRÈNE DES SABLES – Anthologie de nouvelles
Lydia Evoni, Assia-Printemps Gibirila, Liss Kihindou, Binéka Danièle Lissouba, Evelyne Mankou, Pénélope-Natacha Mavoungou-Pemba, Marie-Françoise Moulady-Ibovi, Gilda-Rosemonde Moutsara-Gambou, Huguette Nganga Massanga, Jussie Nsana, Marie-Léontine Tsibinda
Collectif Femmes écrivaines du Congo-Brazzaville – Préface d'Arlette Chemain
Elles écrivent des nouvelles, de la poésie, des romans, des essais, des pièces de théâtre. Elles se sont réunies ici autour d'un thème séduisant et d'actualité : la sorcellerie. Ces onze écrivaines congolaises mettent un projecteur sur le monde invisible et ténébreux des sorciers, magiciens, féticheurs-nganga, marabouts, guérisseurs et autres ndokis...
(Coll. Écrire l'Afrique, 19,5 euros, 212 p., décembre 2014)
EAN : 9782343044859 EAN PDF : 9782336363134

LES TEMPS N'ONT RIEN CHANGÉ MANSANGA
Roman
Jean-Paul Mfinda
Ce roman décrit une liaison à la fois passionnelle et mystérieuse entre monsieur Do, veuf et entreprenant, et madame Mansanga, une belle dame, divorcée et pieuse.
(Coll. Harmattan RDC, 13,5 euros, 122 p., décembre 2014)
EAN : 9782343049083 EAN PDF : 9782336363349

LE ZOUAVE DE RASPOUTINE
La faillite d'une élite - Nouvelles
Gérard Essomba Many
Le zouave de Raspoutine est l'expression du ras-le-bol d'un citoyen, horripilé par l'état dans lequel son pays a été plongé par une élite prédatrice. L'auteur tire la sonnette d'alarme, car, nostalgique d'un pays qui fonctionnait suivant le respect de certaines valeurs traditionnelles, il est indigné de vivre avec impuissance cette descente aux enfers de la terre de ses ancêtres.
(Coll. Harmattan Cameroun, 10 euros, 65 p., novembre 2014)
EAN : 9782343034737 EAN PDF : 9782336361277

L'HARMATTAN ITALIA
Via Degli Artisti 15; 10124 Torino
harmattan.italia@gmail.com

L'HARMATTAN HONGRIE
Könyvesbolt ; Kossuth L. u. 14-16
1053 Budapest

L'HARMATTAN KINSHASA
185, avenue Nyangwe
Commune de Lingwala
Kinshasa, R.D. Congo
(00243) 998697603 ou (00243) 999229662

L'HARMATTAN CONGO
67, av. E. P. Lumumba
Bât. – Congo Pharmacie (Bib. Nat.)
BP2874 Brazzaville
harmattan.congo@yahoo.fr

L'HARMATTAN GUINÉE
Almamya Rue KA 028, en face
du restaurant Le Cèdre
OKB agency BP 3470 Conakry
(00224) 657 20 85 08 / 664 28 91 96
harmattanguinee@yahoo.fr

L'HARMATTAN MALI
Rue 73, Porte 536, Niamakoro,
Cité Unicef, Bamako
Tél. 00 (223) 20205724 / +(223) 76378082
poudiougopaul@yahoo.fr
pp.harmattan@gmail.com

L'HARMATTAN CAMEROUN
BP 11486
Face à la SNI, immeuble Don Bosco
Yaoundé
(00237) 99 76 61 66
harmattancam@yahoo.fr

L'HARMATTAN CÔTE D'IVOIRE
Résidence Karl / cité des arts
Abidjan-Cocody 03 BP 1588 Abidjan 03
(00225) 05 77 87 31
etien_nda@yahoo.fr

L'HARMATTAN BURKINA
Penou Achille Some
Ouagadougou
(+226) 70 26 88 27

L'HARMATTAN SÉNÉGAL
10 VDN en face Mermoz, après le pont de Fann
BP 45034 Dakar Fann
33 825 98 58 / 33 860 9858
senharmattan@gmail.com / senlibraire@gmail.com
www.harmattansenegal.com

L'HARMATTAN BÉNIN
ISOR-BENIN
01 BP 359 COTONOU-RP
Quartier Gbèdjromèdé,
Rue Agbélenco, Lot 1247 I
Tél : 00 229 21 32 53 79
christian_dablaka123@yahoo.fr

646540 - Mars 2016
Achevé d'imprimer par

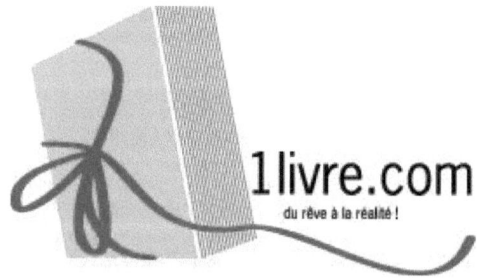